아무것도
하지 않을 권리

피곤한 세상에서 벗어나 잠시 쉬어갈 용기

아무것도 하지 않을 권리

정희재 지음

갤리온
GALLEON

우리는 여전히 우리 자신이다

나 는 자 유 가 무 엇 인 지 안 다

내가 사는 집은 비탈진 동네에서도 높은 곳에 자리 잡고 있
다. 베란다에 서면 집들의 지붕과 옥상이 훤히 내려다보인다. 녹
색의 방수 페인트를 칠한 아랫집 옥상은 빨래가 나부끼거나 텅
비어 있기 일쑤였다.

지난봄 아랫집 옥상에 나무의자가 하나 등장했다. 그리고 윗
옷을 벗은 청년 하나가 의자에 앉아 햇볕을 쬐기 시작했다. 해
바라기를 하려면 일단 시간이 많아야 한다. 마음의 여유도 필요
하다. 평일 낮에 젊은이가 옥상 의자에 앉아 남서쪽을 향해 있
는 풍경은 흔한 게 아니었다. 내 쪽에선 그의 등만 보였는데, 겨
울 동안 옷 속에 은거했던 그의 속살은 백설기처럼 희디희었다.

여름에 접어들어 볕이 따가운 날에도 청년은 옥상에 나와 앉
았다. 마치 음울한 기후권에서 온 여행자 같았다. 햇볕을 몸에

쟁이는 동안, 그의 마음속에 무엇이 지나가는지 누가 알까. 다만 나는 그의 집보다 위쪽에서 그 풍경을 말없이 바라볼 뿐이었다. 집들과 옥상과 먼 하늘을 바라보는 내 마음에도 순간순간 많은 것이 지나갔다. 이를테면 등에 누가 얼음이라도 넣듯 펄쩍 뛰게 만드는 돌연한 그리움이라거나, 도저히 닿을 수 없는 지점을 아는 이의 현기증 같은 것들이. 그에게도 품고 있자니 아프고, 무심하자니 살아갈 재미가 없는 그런 것이 있지 않았을까.

청년의 등을 바라보며 문득 영화 「안경」의 한 장면이 떠올랐다. 휴대전화도 터지지 않는 섬에서 만난 여행자들이 해변에 모인다. 한 청년이 바다를 향해 놓인 의자에 앉아 시를 읊는다.

나는 자유가 무엇인지 안다
길을 따라 똑바로 걸어라
깊은 바다에는 가까이 가지 마라
그런 그대의 말들은 뒤로 하고 왔다
달빛은 온 거리를 비추고
어둠 속을 헤엄치는 물고기는 보석처럼 빛난다
우연히 인간이라 불리며 여기 있는 나
무엇을 두려워했는가?
무엇과 싸워왔는가?
이제 어깨를 누르는 짐을 벗어버릴 시간

나에게 용기를 다오
너그러워질 수 있는 용기를
나는 자유가 무엇인지 안다
나는 자유가 무엇인지 안다

'우연히 인간이라 불리며 여기 있는 나…….'
읽을 때마다 이 대목에 이르러 조금 서러워지던 시였다. 좀처럼 그을리지 않는 피부를 지닌 아랫집 청년도 무엇을 두려워했는지, 무엇과 싸워왔는지 아득해지는 순간이 있지 않았을까. 그럼에도 계속 나아갈 수밖에 없는 인간이란 존재가 짠하게 다가오는 순간이 말이다. 청년의 마음은 알 수 없으나 말간 슬픔처럼 희디흰 그의 등을 바라보던 나는 그랬다.
젊은 날에 아무것도 하지 않은 듯한 나날을 보내는 게 어떤 의미인지 안다. 그건 눈에 보이지 않는 혈투를 치르는 일이다. 아무것도 하지 않고 그냥 보냈다고 생각한 하루하루는 그 자체로 힘겨운 투쟁의 연속이다. 일상이라는 얼굴 없는 괴물과의 싸움, 내가 동의하지 않는 가치에 투항하지 않으려는 안간힘……. 밤이면 누군가에게 실컷 두들겨 맞기라도 한 듯 몸과 마음이 욱신욱신 아프다. 어쩌면 나는 이 책을 가장 먼저 썼어야 했는지도 모르겠다. 그 시간들에 대해 누구 못지않게 하고 싶은 이야기가 많기 때문이다.

돌이켜 보면 아무것도 하지 않는 것 같은 나날을 보낸 덕분에 지금의 내가 있다. 본격적으로 살아 보기도 전에 은퇴한 것 같다고 스스로 낙담하던 시절이 있었기에 오늘날 글을 쓰며 살고 있다. 철저히 아무것도 아니었기에 모든 것일 수 있었고, 손에 쥔 것이 아무것도 없었기에 더 많은 것들을 꿈꾸었다. 이른 아침의 숲에서 이슬 맺힌 거미줄을 보고 감탄했던 시간이 있었기에 세상의 아름다움을 누리는 일을 은퇴 이후로 미루지 않을 수 있었다.

그랬다. 아무것도 하지 않는다고 해서 결코 생동하는 삶에서 은퇴한 것은 아니었다. 아무것도 이뤄 놓은 것이 없다고 탄식하는 대신 좀 더 당당하고 떳떳하게 '나는 다른 북소리를 듣고 있다'고 선언했어야 옳았다.

사실 아무것도 하지 않는 날이란 없다. 그날이 그날인 것 같아도 인간은 천천히 어느 지점인가를 향해서 간다. 헛되이 거저 지나가는 시간은 없다. 인간의 치명적인 약점인 조급증과 욕심 때문에 다만 실감하지 못할 뿐.

아 무 것 도 하 지 않 는 시 간 뒤 에 오 는 것 들

이 책은 지난 2012년 여름에 펴낸 『아무것도 하지 않을 권리』의 개정판이다. 제목을 그대로 유지했듯 내용면에서도 초판과 큰 차이는 없다. 현재의 상황과 달라진 글을 몇 개 뺐고, 배치와

소제목을 바꿨다. 몇몇 표현을 가다듬기도 했지만 주제를 가리지 않는 범위 내에서였다. 그럼에도 디자인과 삽화를 바꿔 새로운 모습으로 내놓는 것은 시간이 흘렀어도 이 책에 담은 이야기가 유효하다고 생각해서다.

책이 나온 뒤 여러 반응이 있었다. 누군가는 '위험한 책'이라고 했고, 이 책의 내용으로 강연을 의뢰했다가 윗선에서 반대한다며 취소를 통보하는 곳도 있었다. 오해받거나 논란의 여지가 있다면 그건 우리 사회가 불편해하는 어떤 지점을 건드렸다는 얘기이기도 할 것이다. 효율과 생산성, 경쟁의 논리가 모든 것을 압도하는 분위기에서 아무것도 하지 않을 권리를 얘기한다는 건 위험한 도발이자 패자의 변명쯤으로 비치기 쉽다는 걸 안다.

그런가 하면 다음과 같은 리뷰를 접할 때는 가슴이 두근거렸다.

"아무것도 하고 싶지 않아서 고른 책인데, 아이러니하게 다 읽고 난 뒤 무언가 하고 싶어졌다. 하염없이 걷는다거나 소로의 『월든』을 읽는다거나…."

이런 반응이야말로 시인 후쿠다 미노루의 말을 깊이 이해한 게 아닐는지.

"게으름을 피운다고 해도 사회가 강요하는 가치에 대해서 그러는 것이지 스스로에게 그러는 것은 아니다."

한편으론 뭔가를 하고 싶어도 기회를 얻지 못한 이들에게 '아무것도 하지 않을 권리'라는 말이 공허하게 들리지 않을까 조심스럽기도 하다. 그래서 아무것도 하지 않을 권리의 지향점을 다시 한 번 밝혀 두고 싶다. '아무것도 하지 않을 권리'란 나 자신의 가치와 신념이 아닌 사회가 강요하는 트렌드나 경향에서 자유로울 수 있는 권리를 말한다. 삶을 너무 사랑한 나머지 상처받은 이들에게 꼭 필요한 권리장전이기도 하다.

아무것도 하지 않고 보내는 시간이야말로 무엇인가를 해야만 하는 인생을 버틸 수 있는 여유와 창의력을 길러 준다. 인류 역사에서 그런 사례는 차고 넘쳐서 고르기 어려울 정도이다.

먼저 중국의 대표적인 지식인이자 네 번이나 노벨문학상 후보로 지명된 왕멍의 일화가 있다. 일찍이 그는 열네 살에 혁명에 뛰어든 풍운아였다. 왕멍은 단편소설 한 편 때문에 우파로 낙인찍힌 나머지 스물아홉 살 때부터 16년간 신장 위구르 자치주에서 유배의 삶을 살아야 했다. 인생에서 가장 활력이 넘치는 스물아홉에서 마흔다섯 살까지 그가 경쟁 사회의 눈으로 보면 '아무것도 하지 않는' 삶을 산 것이나 마찬가지였다. 그는 그 시기를 어떻게 살아 넘겼던가. 위구르 현지 말을 배웠고, 변방의 농민들과 함께 먹고 자고 일했다. 소수민족인 위구르족의 말을 배워 봐야 현실적인 이득을 얻을 일은 드물었다. 그는 마흔여섯 살에야 복권되어 베이징으로 돌아올 수 있었다. 왕멍의 가장 뛰어난 작품이 마흔 중반 이후에 나온 것은 우연한 일이 아니다.

헨리 데이비드 소로의 경우도 빼놓을 수 없다. 그가 『월든』이라는 명작을 펴낸 것은 월든 호숫가를 떠나고 약 10년 뒤였다. 책이 나오기까지, 그리고 일생 동안 소로에게 콩코드 숲에서 보낸 2년 2개월의 시간이 얼마나 큰 정신적 자산이었는지는 새삼 강조할 필요가 없다. 『월든』은 19세기에 나온 책 가운데 가장 중요한 한 권으로 손꼽힌다. 그런 책도 존 가치의 눈으로 보면 아무것도 하지 않은 것처럼 보이는 날들 덕분에 세상에 나올 수 있었다.

아무것도 하지 않는 나를 사랑하기

세상이 온통 스마트해지길 권하고, 지친 기색을 내비치기만 해도 도태의 신호로 받아들이는 시대일수록 아무것도 하지 않을 권리, 또는 내가 원하는 것을 할 배짱이 필요하다. 신자유주의는 효율과 성장 신화를 쫓아가지 않으면 뒤처지고 낙오될 것처럼 위협하는 것으로 자신의 존재감을 과시하곤 한다. 그런 부추김에 당당하게 맞설 수 있는 소신이 없다면 늘 불안과 초조, 불만족에 시달리며 살 수밖에 없다.

인생은 대체로 균형을 맞추는 방향으로 나아간다는 것을 알면서도 우리는 가끔 모순된 것을 원한다. 안정도 누리고 싶고, 살아 있다는 실감을 주는 도전과 모험도 놓치고 싶지 않다. 남이 가진 것만큼 가지고 싶으면서도, 소박하고 단순하고 생태적으로 올바른 생활이 주는 윤리적인 기쁨도 맛보고 싶다. 지금의 나를 긍정하면서도, 더 멋지고 극적으로 사는 누군가를 보면 나만 고정된 역할로 끝날 것 같아 초조해진다. 그런 이들에게 이 책이 하고 싶은 말은 간단하다.

"괜찮아. 대세에 지장 없어."

살아 보니 정말 그렇다. '그것' 아니면 인생이 끝장날 것처럼 우리를 옴짝달싹 못하게 만드는 것들을 놓친다고 해도 실상 대세에는 큰 지장이 없다. 우리는 여전히 우리 자신이다.

아무것도 하지 않는 시간에 진정으로 하고 싶은 것을 성찰해 보지 않은 사람은 진정으로 타인을 이해하는 법을 모른다. 이 광활한 우주와 자연 속에서 자신의 존재감을 고민해 보지 않은 사람이 타인이 처한 어려움과 절박한 심정을 자기 것처럼 상상하기란 힘든 노릇이다. 인간의 범주를 넘어서 나무 한 그루, 새 한 마리가 입은 상처를 자신의 아픔처럼 느끼는 공감 능력도 마찬가지이다.

무위의 시간을 지나 보지 않은 사람은 또 기다리는 법에 서툴다. 모든 일에는 때가 있는 법이기에 우리는 다만 현재의 한순간 한순간을 지극한 마음으로 살아갈 뿐이다. 아침에 '아무것도 아니었던 일'이 저녁에 일어나는 '엄청난 일'의 씨앗이 될 수 있다. 진정으로 살아 있다는 실감을 안겨 주는 소중한 기회들은 우리가 무엇이 되어야 하고, 무엇을 해야 한다는 생각조차 내려놓은 그 순간에 찾아온다. 이 책은 바로 그 순간들에 관한 이야기이다.

1장

멈추지 않고서는 알 수 없는 것들

자신만의 속도로
걷는다는 것

경보라는 스포츠 종목이 있다.

정해진 거리를 빨리 걸어서 승부를 내는 운동이다.

경보에는 두 가지 중요한 규칙이 있다.

두 발이 동시에 땅에서 떨어지면 안 되고,

몸을 지탱하는 쪽 다리를 굽히지 않고 쭉 펴져야 한다.

그래서 경보 선수들이 빨리 걷는 걸 보면

엉덩이를 좌우로 흔들면서 춤추듯이 앞으로 나가는 것처럼 보인다.

경보에서 가장 힘든 건

좋은 기록을 내는 것도, 육체의 한계를 극복하는 것도 아니다.

그건 바로, 뛰고 싶은 욕구를 참는 거다.

뛰면 두 무릎을 자유롭게 구부렸다 펼 수도 있고,

당연히 목적지에 훨씬 빨리 도착할 수 있다.

하지만 경보 선수는 뛰는 순간, 실격한다.
가장 중요한 경기의 규칙을 어겼으니까.
정답과 골인 지점이 눈앞에 뻔히 보여도
자신만의 보폭으로 뚜벅뚜벅 걸어가는 것.
과정을 생략하고 결론에 바로 도달하고 싶은 조급함을 참는 것.
인생은 경보 경기와 닮아 있다.

남들은 뛰어가고, 날아가는데
나만 제자리걸음 같을 때,
내가 참가한 경기의 규칙은 조금 다르다고,
내게 맞는 근육을 사용해 한 걸음 한 걸음 즐기며 가고 있다고
말할 수 있다면,
충분히 지적이고 용감한 사람이 아닐까.

모두가 육상선수처럼,
마라토너처럼 뛰어야 하는 건 아니다.
내게 맞는 보폭, 내 근육에 맞는 걸음으로 가도 된다.
가다가 마음을 울리는 풍경,
차마 지나칠 수 없는 아름다운 사람을 만나면

삶의 신비와 접속했음에 감동하고
기꺼이 어리둥절해하면서…….

왜 우리는 마음 편히
쉬지 못하는 걸까?

정토회를 이끌고 있는 법륜 스님이 군사 독재 정권 시절 공안 당국에 끌려가 고문 받은 얘기를 들려준 적이 있었다.

"고문 받을 때 언제가 가장 무서운지 알아요? 전기 고문? 물 고문? 아니에요. 고문 받는 순간보다 잠깐 쉴 때가 더 살 떨리게 무섭습니다. 쉬는 동안 고문하던 사람들은 자기들끼리 잡담을 나눕니다. 아이 성적이 안 올라서 고민이라는 둥, 퇴근하면 술 한 잔 하자는 둥……. 그런데 난 휴식이 끝나면 다시 시작될 고문에 대한 공포 때문에 얼어붙어 있는 거예요."

일에 코를 박고 살아가다 막상 휴식의 순간이 다가오면 종종 스님의 말씀이 떠오르곤 한다. 진이 빠지도록 달리다가 모처럼 쉴 수 있는 기회가 온다. 그런데 달리는 데만 익숙해져 있다 보니 잘 쉬기커녕 불안에 시달린다. 마치 '다음 고문은 얼마나 고통스러울까. 과연 견뎌낼 수 있을까' 고뇌하는 사람처럼.

책을 쓸 때면 내 생활 반경은 아파트에서 키우는 애완견만큼이나 좁아진다. 갇혀 사는 개들이 산책 시간을 기다리듯 나도 해질 무렵의 외출이 크나큰 낙이 된다. 대신 개들은 결코 하지 않는 일도 한다. 익숙해져 있던 유·무선 네트워크를 잠시 뒤로 하고, 손편지를 쓰거나 라디오를 듣거나 들숨과 날숨이 배와 등뼈를 타고 오르내리는 것을 느리게 지켜보는 것 따위의 일들을.

하루하루는 규칙적으로 흘러간다. 비가 오거나 바람이 심하게 부는 날은 산책을 나가지 않는다. 창밖을 통해 동네의 낡은 지붕들이 더 낡아가는 것을 본다. 커피를 내린 뒤 원두 찌꺼기가 담긴 여과지를 접시에 올려놓고 냄새를 맡기도 한다. 그리고 먼 대륙의 아스라한 흙냄새, 마른 햇빛 냄새가 내게 도착하기까지 여정을 상상하곤 한다.

작업하는 시기가 하필 봄꽃들이 튀밥 터지듯 평펑 피어나는 봄날이나 단풍으로 산이 물드는 가을이면 괴롭다. 계절의 관찰자가 아니라 향유자가 되고 싶기에. 대신 속다짐만 늘어 간다. 이번 작업만 끝나면, 이번 일만 무사히 마치면 정말 푹 쉴 거다. 기네스북에 오를 정도로 재밌게 살 거다. 다짐하고 또 다짐한다.

그러나 이미 이 과정을 몇 번 거친 나는 알고 있다. 해야 할 일이 오직 휴식뿐일 때, 정작 제대로 쉬지 못한다는 것을. 일을 하지 않는다고 해서 쉬고 있다고도 말할 수 없는 어중간한 상태로 시간을 흘려보내기 십상이라는 것을.

고등학교 교사인 지인이 있다. 작년 한 해 동안 열심히 준비하더니 올해 교육청에서 주관하는 연구 프로젝트에 선발되어 안식년을 맞게 됐다. 지인은 유난히 아침잠이 많은 터라 평소 출퇴근에서 자유로운 나를 무척 부러워했다. 그러다 마침내 소원을 이뤘으니 그 기쁨이 얼마나 컸겠는가. 겨울방학이 끝나고, 학교가 개학하던 날 전화를 걸어 온 그이가 선언했다.

"난 오늘 천천히 걸어 다닐 거야. 아주 천천히. 멀리 나갈 일이 있어도 자동차는 안 갖고 갈 거야. 지하철과 버스를 타고 천천히 다녀야지. 왜냐고? 다들 출근하는 날이잖아! 난 출근 안 해도 되는 첫날이거든. 하하하!"

지인의 목소리에는 교사 생활 십수 년 만에 자유로운 아침을 맞는다는 설렘과 활기가 가득했다. 지인이 천천히 평일 아침의 거리를 걸으며 자유를 만끽하는 상상을 해 봤다. 갓 구운 빵 냄새가 나는 카페에서 커피를 한 잔 마신다. 거리에는 어디론가 바삐 걸어가는 행인들이 보인다. 하늘은 쌀뜨물을 엎질러 놓은 것처럼 하얗고, 새들은 전깃줄에 앉아 햇볕을 즐기는 아침. 아무것도 하지 않아도 되는 아침을 생각하니 내 마음도 두근거렸다.

진정으로 휴식을 갈망하며 준비해 온 사람은 그 시간에 전념할 줄 안다. 잘 쉬는 것. 그 단순한 일에도 용기와 지혜가 필요하다는 걸 그이는 잘 안다. 일상이 품고 있는 만성적인 권태는 휴식의 시간이 왔다고 해서 그리 만만하게 물러나지 않기 때문이다.

일본 가고시마의 요론 섬은 휴대전화도 잘 터지지 않는 외딴 곳이다. 이곳에 두 여인이 도착해 여행 가방을 끌고 공항 로비를 나선다. 한 여인은 이 섬에 정기적으로 찾아오는 젊은 할머니 사쿠라 씨, 또 다른 한 명은 조용히 쉴 곳을 찾아 이 섬으로 처음 휴가를 온 중년의 교수이다. 일본 영화 「안경」은 이렇게 시작한다. 이 섬의 민박집 주인은 "큰 간판을 내걸면 손님이 잔뜩 올 테니 이 정도가 딱 좋다"며 손바닥만 한 간판을 숨기듯 달고 있다. 그 덕분인지 손님이라고는 이 두 여인이 전부이다. 주인은 교수에게 초행길에 헤매지 않고 잘 찾아온 손님은 3년 만에 처음이라며 말한다.

"재능이 있네요. 이곳에 있을 재능⋯⋯."

그러나 얼마 지나지 않아 여인의 재능은 바닥을 드러내고 만다. 사람들이 잘 찾지 않는 섬과 특별한 민박집을 예약한 것, 그리고 여행 시기를 사람들이 붐비지 않는 초봄으로 잡은 것까지는 분명 재능이고 행운이었다. 그런데 여인은 도무지 섬사람들을 이해하지 못한다. 아침마다 다소곳이 무릎 꿇고 앉아 손님이 깨어날 때까지 기다려 아침 인사를 건네는 친절이 부담스럽다. 모래 해변에서 마을 사람들과 함께 하는 '메르시 체조'도, 자꾸 자신이 만든 팥빙수를 먹어 보라고 권하는 사쿠라 씨도 불편하기만 하다.

"저는 됐습니다."

"전 괜찮아요."

여인은 함께 하자는 권유를 받을 때마다 경계심을 드러내며 정중하게 거절한다.

어느 날 아침 정갈하게 차린 아침 식탁에서 여인은 밥을 먹으며 묻는다.

"오늘은 관광을 좀 해 보려는데 어디 좋은 곳 있나요?"

민박집 주인과 사쿠라 씨는 서로 마주보며 난감한 표정을 짓는다.

"관광이요? 여긴 관광할 만한 곳은 없는데요."

"그럼 여기 놀러 오는 사람들은 도대체 뭘 하나요?"

주인은 한참 고심하더니 답한다.

"음…… 사색?"

여인은 고개를 갸우뚱한다. 사색에 잠기는 것도 하루 이틀이지, 바닷가와 민박집을 오가는 일상은 너무나 단조롭기만 하다. 여인은 밋밋하고 나른한 민박집을 벗어나 다른 숙소로 옮기려고 한다. 민박집 주인은 담백한 태도로 배웅하며 개성이 깃든 약도를 건넨다. '왠지 불안해지는 지점에서 2분 정도 더 참고 가면 거기서 오른쪽입니다'라는 식이다. 섬사람들은 그런 엉성한 약도만 보고도 의외로 잘 찾아간다. 왠지 불안해지는 지점에서 조금 더 가니 정말 갈림길이 나오고, 그곳에서 오른쪽 길로 들어가자 목적지가 나온다. 그 약도는 효율과 합리, 계산의 틀을 벗어나 타인의 마음에 이르는 지도였다.

좌충우돌한 끝에 다시 처음의 민박집으로 돌아온 여인은 드디어 이 섬을 즐기는 방법을 터득하게 된다. 매일 아침 해변에 나가 바다를 바라보며 사쿠라 씨가 이끄는 체조에 참여한다. 민박집 주인의 만돌린 연주를 들으며 맛있는 팥빙수를 먹고, 비취색 바다를 바라보며 섬에 젖어든다. 그처럼 마음을 열고 타인과 자연 속으로 스며들자 지루한 것만 같던 섬 생활에 갑자기 활기와 자유가 넘친다.

영화는 진정한 휴식을 취하는 것도 연습과 열린 마음 그리고 자신을 버리는 용기 없이는 불가능하다는 걸 잔잔하게 보여 준다. 휴식이란 자신을 그대로 보존하는 것이 아니라 지금까지와는 다른 세계로 훌쩍 점프할 수 있는 기회이기도 하다는 것을.

가끔 영화 속 민박집 주인의 대사가 생각나곤 한다.

"당신은 이곳에 있을 재능이 있군요."

과연 나는 이 지구에 머물 재능이 있을까? 그 재능은 어쩌면 '집요하고 끈질기게 목표를 향해 내달리는가, 성공을 위해 과감하게 결단할 수 있는가'보다는 '지금까지의 내 방식을 버리고 세상의 아름다움에 젖어들 수 있는가'로 판가름 나는 것일지도 모른다. 일의 성패가 아니라 제대로 쉴 수 있는지 여부로 말이다. 가만히 두면 마음은 금방이라도 계획과 근심의 세계로 달아날

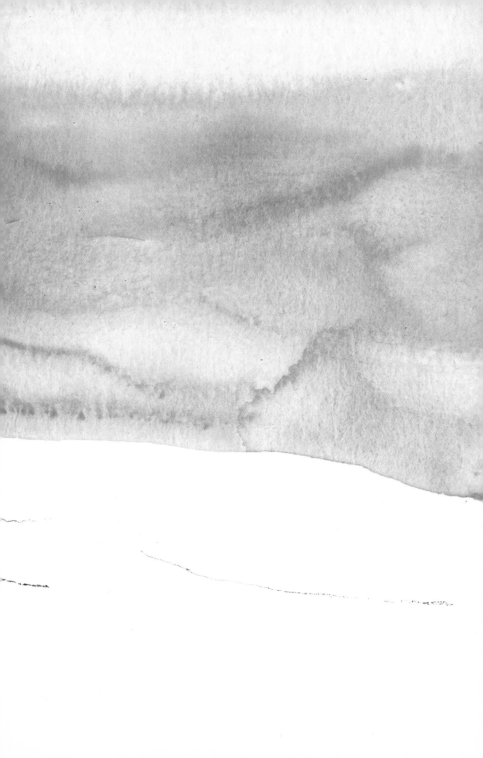

것처럼 요동친다. 행복을 현재에 단단히 묶어 두기 위해서라도 제대로 쉬는 연습이 필요하다.

오스트리아의 경제학자 요제프 슘페터는 "자본주의 사회에서 기업이 경쟁을 벌여야만 하는 유일한 상대는 곧 시간"이라고 말했다. 세상에, 시간을 경쟁 상대로 삼다니! 인간이란 얼마나 무모하고 불행한 존재인지. 후회와 슬픔, 극한의 피로에 이르러서야 마지못해 강제로 들이닥친 휴식을 받아들이는 운명이라니.

나도 한때는 '빨리, 더 빨리!' 하며 닦달하는 세상의 외침에 기가 죽어 조금이라도 쓸모없이 흘러가는 시간을 줄이려고 애써 봤다. 분 단위로 촘촘하게 스케줄을 짜기도 하고, 심지어 먹는 시간, 잠자는 시간을 아껴 보기도 했다. 벤저민 프랭클린 이래로 유행하기 시작한 '자기 관리' 또는 '시간 관리'라는 괴물에게 칭찬받으려면 그렇게 살아야 할 것 같았다. 때로는 지친 몸이 내지르는 비명도 못 들은 척 달렸다. 짧은 시간에 몇 생을 거치듯 인생을 다양하게 극적으로 살아 보려고 안간힘을 쓰고 나면 우울과 좌절, 불만족의 시간이 다가왔다. 얇은 표면만 얼어붙은 강물 위를 걷는 것처럼 위태롭던 날들. 그런 강제적인 근면과 피로의 시간에 진정으로 살아 있다는 실감이 날 리 없었다.

때로는 우리 내면에서 울리는 정지 신호에 귀 기울이는 것이 사치처럼 느껴질 때가 있다. 예상치 못한 실직이나 병을 얻어 마지못해 쉬어야 할 때가 그렇다. 이러다 영영 뒤처지는 것은 아닐까, 모두에게서 환영받지 못하는 존재가 되는 건 아닐까 불안해한다. 심지어 아무것도 하지 않고 있으면 죄책감마저 느낀다. 어렸을 때부터 한가로운 것, 빈둥거리는 것, 아무것도 하지 않는 것은 나쁜 것이라는 선입관을 주입받고 컸기 때문이다.

열심熱心이란 말을 문자 그대로 풀이하면 열이 나도록 깊이 마음을 기울인다는 뜻이다. 바로 이 '열심'이 우리의 의식을 장악하는 이데올로기와 문화가 된 지 오래다. 이 문화에 저항한다고 해서 체포되지는 않는다. 그러나 감옥보다 더 무서운 건 열외의 인간이 될 지도 모른다는 불안감이다.

우리는 살아도 너무 열심히 산다. 이 냉정한 신자유주의 경쟁 사회에서 '열심'의 문화에 저항할 수 있는 사람은 두 부류라고 생각한 적이 있다. 속세의 관습에 무관심한 보헤미안이거나 아무것도 하지 않을 권리를 마음껏 누릴 만큼 부와 시간을 거머쥔 사람이거나. 이제는 안다. 결단과 용기만 있으면 입장할 수 있는 아무것도 하지 않을 권리의 세계가 아주 가까이에 있다는 것을.

질주하는 일상에 브레이크를 걸고 싶을 때면 『장자』를 펼쳐 아무 대목이나 읽는다. 무위의 철학, 무위의 효용성을 역설적으로 말해 온 이 철학자를 나는 오래도록 사랑해 왔다.

자신이 통제할 수 없는 것이 무엇인지 안다면,
그 피할 수 없는 자연의 순리를 따르는 법을 안다면,

그리고 평화롭게 사는 법을 안다면,

이미 덕德이 완성된 것이다.

그냥 그대가 할 수 있는 것을 하라.

무슨 일이 일어나든 그것이 좋은 것이다.

장자는 말한다. 완벽한 삶을 갈망하며 자신을 몰아세우는 것
자체가 우주의 조화로운 생명 법칙에 반하는 일이라고. '그냥 그
대가 할 수 있는 것을 하라. 무슨 일이 일어나든 그것이 좋은 것
이다.' 이 구절을 읽을 때마다 아름답고 힘찬 에너지를 느낀다.
이런저런 계산 없이 오롯이 그냥 존재하기, 몸과 마음에 힘을 빼
고 하고 싶은 대로 놓아 두기. 이것만 가능해도 이 지구별에 머
무는 재능을 터득한 것이나 다름없다.

100점을
목표로 하지 않을 것

서른이 넘도록 나는 지독히 자신감이 없었다. 한때는 그 원인을 어린 시절에 충분히 격려받지 못한 데서 찾기도 했다. 학교에서 상을 받거나 나쁘지 않은 성적표를 받아 와도 어른들은 잠깐 희미한 웃음만 짓고 말았다. 반응이라고는 그게 전부였다. 그러다 정작 내가 없는 자리에서는 내가 얻은 결과들을 이웃에게 자랑하고 뿌듯해한다는 걸 알았을 땐 배신감마저 들었다. 그런 얘기가 돌고 돌아 내 귀에 들어올 즈음엔 나 스스로 타인의 반응을 통해 자존감을 키워 가는 것에는 관심이 없어진 뒤였다.

그래서일까. 젊은 시절을 나는 거꾸로 살았다. 활기와 도전 의식이 넘치다 못해 사고를 치기도 해야 할 나이에는 납작 엎드려 지냈다. 어떤 이는 그런 모습을 신중하고 진중하다고 평가해 주기도 했지만, 나로선 어쩐지 중요한 것을 놓치고 사는 것 같아 옹색하고 답답하게 느껴졌다.

그러다 남들은 나름 자신에 대한 견적을 뽑아 보고 받아들여야 할 것과 뚫고 나갈 것을 구분할 시기에 오히려 그동안 억눌러 온 에너지를 폭발하듯 위태위태하게 살았다. 그러고 보면 이래저래 인생은 균형을 맞춰 가는 건지도 모른다.

내가 가장 격렬한 방식으로 나 자신을 표현한 것이라곤 스물아홉 되던 해에 삭발해 본 것이 전부였다. 정치, 경제, 사회적으로 거창한 이유라도 내걸고 했다면 미용실 바닥에 두두두 떨어지던 머리칼도 자부심으로 윤기가 흘렀을 텐데, 그런 것 따윈 없었다. 그저 서른이 넘으면 다신 이런 짓을 못 해 볼 것 같았다. 그 예감은 적중했다. 실제로 서른이 넘으니 그런 욕구는 두 번 다시 생기지 않았다. 삭발하고도 숫기가 모자라 내내 털모자를 쓰고 다녔던 그해 겨울. 전혀 용감하지 않았던 청춘이여······.

20대 시절 자신감 없는 모습을 보일 때마다 숱한 격려의 말을 들었다.

"넌 할 수 있어. 마음만 먹으면 뭐든지 할 수 있다고."

"넌 지나치게 자기 검열이 심해. 뭐든 일단 한번 해 봐."

그러나 그 시절 내 귀에는 철판보다 더 두꺼운 재질의 귀마개가 씌워져 있었다. 그 말들은 마음에 와 닿기도 전에 발밑으로 떨어져 내렸다.

'그런 말은 나도 하겠네.'

젊음, 그 자체를 자산이자 동력으로 여기라는 말은 너무 뻔해서 알맹이 없는 소리처럼 들렸다. 나는 인생의 핵심을 단번에 간파할 수 있는 100점짜리 조언을 원했다. 또래들이 등산로 입구에서 얼쩡거릴 때, 힘이 덜 들면서 시간도 단축되는 지름길 같은 걸 알려 주는 인생 고수가 어딘가 있을 것만 같았다. '그냥 한번 해 봐'라는 말은 생활 속으로 뛰어들어 코가 깨지도록 고생해 본 뒤에야 생명력을 지니고 살아 움직이기 시작했다.

수많은 날들이 지나서야 깨닫는다. 진짜 인생 고수는 100점짜리 인생이란 허상에 불과함을 아는 사람이다. 그리고 진짜 고수는 자신에게 가능성이 있다는 말을 들으면 철썩같이 믿는다는 것도 이제는 안다. 믿는 것도 재능이고 행운이기 때문이다.

제도화된 교육 시스템 속에서 12~20년 가까이 시험을 치르며 자란 우리는 늘 100점짜리 인생을 추구하며 산다. 학창 시절, 시험이 끝나면 채점한 시험지를 돌려준 뒤 선생님들은 말했다.

"100점 맞은 사람, 일어나 봐."

두세 명 정도가 의자를 뒤로 밀치며 당당하게 일어선다.

"자, 박수!"

앉아 있는 학생들은 감탄과 자괴감이 뒤섞인 뒤숭숭한 마음으로 박수를 친다. 뒤이어 학급의 평균을 깎아 먹은 역적들을 지적해 일으켜 세운다. 일어선 학생들은 고개를 숙이고, 자존감을 무너뜨리는 굴욕적인 말을 잠자코 들어야 한다. 이런 장면을 십수 년 동안 봐 왔다.

100점짜리 시험지에 대한 갈망은 학교를 졸업한 뒤 자연스럽게 100점짜리 인생으로 대체된다. 좋은 대학에 가서 좋은 직장에 취직하고, 번듯한 배우자를 만나 안락한 집에 살면서 물질적인 풍요를 마음껏 누리는 것. 이것이 100점짜리 인생의 요지이다. 마음속에 그리고 있는 인생의 청사진이 너무나 철통 같기에 제대로 살아 보기도 전에 우리는 미리 짓눌린다. 마치 전쟁 한번 치르지 않고 제풀에 패배한 전사들처럼.

60점은 수우미양가로 치면 '양'에 해당하는 점수이다. 통상적으로 60~69점까지를 양으로 친다. 60점은 심리적으로 안도하는 마지노선 같은 것이다. 학력을 인정받는 시험인 검정고시도 커트라인이 60점이다. 물론 모범생들에게는 성에 안 차는 점수일 것이다. 그러나 양에 해당하는 점수를 받는 것이 우습고 시시한 일일까. 민중 국어사전에는 '양良'의 뜻을 이렇게 풀이해 놓았다.

양良【명사】성적·등급 등의 평점評點의 하나. 미美보다 못하고 가可보다 나음.

그리고 한자 양良에는 놀랍게도 온갖 칭찬의 뜻이 들어 있다.

양良 : 좋다, 어질다, 뛰어나다, 아름답다, 경사스럽다, 공교하다, 편안하다, 순진하다, 잘, 능히, 진실로, 정말.

양만 받아도 좋고, 어질고, 심지어 아름답다. 그뿐인가. 경사스럽고 편안하기까지 하단다. 살아 보면 절감하게 된다. 중간이라도 가는 것, 평범하고 평탄하게 삶을 꾸려 가는 게 얼마나 어려운 일인지. 그런데 우리는 인생의 모든 과목에서 기필코 수秀를 받고 100점을 받아야 만족하도록 교육받아 왔다.

처음에는 상대평가 방식에 주눅 들어 반항도 해 보고 거부도 했을지 모른다. 그러나 20년 가까이 그런 시스템 속에 있다 보면, 미워하면서 닮아 간다는 말처럼 제도권의 윤리를 자신의 것으로 내면화하게 된다. 그래서 성적에 짓눌리며 악몽 같은 학창 시절을 보낸 사람이라도 부모가 되면 100점짜리 자식을 원하는 어른이 되기 십상이다.

초등학생이 고등학교 1학년의 수학 문제집을 후루룩 들춰 보았다. 잠시 뒤, 입을 딱 벌리며 놀란다.

"우와. 이런 걸 어떻게 풀어? 우리나라 말인데 하나도 모르겠다."

덧셈, 뺄셈, 나눗셈만 해도 머리가 아픈데, 알 수 없는 기호가 잔뜩 나오는 것을 보고 겁을 먹은 것이다. 그 모습을 본 아이 엄마가 말한다.

"걱정 마. 너도 고등학생이 되면 풀 수 있어."

아이는 못 믿겠다는 표정이고, 엄마는 빙그레 웃는다.

이것은 인생에 대한 비유이다. 미리 겁먹을 필요 없다. 우리가 걱정하는 대부분의 일들은 그 나이에 이르면 감당할 수 있는 힘이 생긴다. 인생에 대해 유난히 겁 많고 작은 고통에도 민감한 통점을 지닌 나도 수많은 문제의 징검다리를 건너 왔다. 내게는 쾌적한 집, 사려 깊고 재밌는 배우자, 여유 있는 여행에 대한 욕구보다 내려놓기 힘든 것이 하나 있다. 바로 좋은 글을 쓰고 싶다는 바람이다. 그럴 때마다 나는 소설가 최인훈 선생님이 했던 말을 떠올리곤 한다.

"사람은 가진 것으로 제사 지낼 수밖에 없다."

얼마나 간단하면서도 명료한 진실인지. 맞다. 가진 것으로 제사 지낼 수밖에 없다. 물론 진수성찬을 마련하면 더없이 좋은 일이다. 그러나 말라비틀어진 북어포에 사과 한 알, 술 한 잔이 전부라면 그거라도 챙겨 상을 마련해야 한다. 없는 것에 연연해 정성스럽게 올려야 할 제사 자체를 망쳐 버릴 수는 없지 않은가. 이것이야말로 60점짜리 인생에 걸맞은 정신이다.

지인 중에 청춘의 멘토로 자리잡아 강연 요청이 끊이지 않는 선배가 한 분 있다. 인기도 많거니와 화법도 명쾌하고 직설적이어서 가는 곳마다 제법 많은 청중이 모인다. 한마디라도 놓칠세라 눈과 귀를 집중하는 젊은이들을 보면 몸은 피곤해도 마음에 열꽃이 피어난다고 한다. 청춘들은 선배에게 인생의 목적에 대해, 자신이 원하는 것을 어떻게 찾아야 하는지에 대해 묻는다. 서울이든 지방이든, 어느 곳이건 나오는 질문은 비슷하단다. 그만큼 비슷한 지점에서 좌표를 잃고 방황하는 젊은이들이 많다는 뜻일 게다.

　어느 날 선배는 강연 얘기를 들려주다가 장난기 어린 표정으로 목소리를 높였다.

　"이제 그만 좀 물었으면 좋겠어. 질문하는 것도 좋지만 실천하는 게 더 중요하잖아. 자기 꿈이 무엇인데 어떻게 하면 되냐고 묻는 학생한테 내가 물어봐. 그 꿈을 위해 하루에 몇 시간을 바치고 있냐고. 구체적으로 몇 시간 몇 분이라고 답하는 사람은 드물더라고. 벼락치기하듯 며칠, 몇 달 반짝하는 것 말고 꾸준히 하루도 빠지지 않고 그 일을 하고 있는 사람은 정말 드물어. 모두 추상적인 질문만 잔뜩 안고서 정작 몸을 움직이진 않아. 고민하는 것으로 할 일을 다했다는 듯이."

　말은 이렇게 해도 선배가 막상 강연장에서는 어떤 질문이건 성심껏 답한다는 것을 안다. 인간에 대한 애정과 성실함이야말로 선배가 지닌 근본 품성이기 때문이다.

　자신의 분야에서 인정받고 있는 사람들에게 그 비법을 물으면 뜻밖의 답이 나올 때가 있다.

　"어쩌다 보니 여기까지 왔습니다."

　마치 제대로 된 목표도 없이 흘러가는 대로 살다 보니 그 자리에 이르렀다는 말처럼 들린다. 특별한 비법을 기대하고 묻는 사람으로선 맥이 풀릴 만한 대답이다. 그러나 그건 자기 비하도 겸손도 아니다. 목표를 정해 놓고 눈에 불을 켜고 달려드는 사람도 있겠지만, 가다 보니 방향성이 생겨서 삶의 잔가지를 정리하고 한 그루 오롯한 나무로 성장한 사람도 있다. 대학 때 전공과도 다르고, 어려서부터 한 번도 생각해 본 적이 없는 길로 접어들어 뜻밖의 재미를 발견하고 성실하게 가는 이들이 의외로 많다. 그러니 겁부터 낼 게 아니라 일단 길에 들어서서 첫걸음을 떼는 게 중요하다. 어떤 질문들은 몸을 움직이는 동안에 저절로 풀리게 마련이다.

이렇게 말은 하지만 새 책을 쓸 때마다 나도 두려움에 시달린다. 작업에 들어가기 직전에 나를 본 사람들은 꼭 군대 가는 사람 같다고 재밌어 한다. 오죽이나 착잡한 표정이었으면 그럴까. 두려움을 떨칠 수 없다면 차라리 두려움을 끌어안고 친구 삼아 가는 수밖에 없다.

젊음에게는 거침없는 질문할 특권이 있다. 눈치 보지 않고 질문할 수 있다는 건 청춘의 특별한 권리이다. 궁금함이 남아 있다는 건 아직 힘이 있다는 증거이기도 하니까. 그러나 자신을 오롯이 책임져야 할 시기가 되면 어떤 의문들은 스스로 해결해야한다. 그리고 인생에서 중요한 것은 질문 이후의 삶에 대한 태도일 것이다.

숱한 통과의례의 질문들을 쏟아내던 시간을 지나 이제는 안다.

자신과 화해하지 않으면 많은 것을 잃는다는 것을.

"나는 내 인생의 전반을 틀어쥐고 있는가?"

"아주 중요한데도 남에게 맡겨 놓은 것은 없는가?"

어느 멘토를 찾아가도 원하는 만큼 속 시원한 답을 들을 수 없는 질문, 그 의문을 나는 오늘도 스스로에게 묻고 답을 찾아가려 애쓴다. 그리고 잊지 말자고 다짐한다. 60점, 양만 맞아도 충분히 아름답다는 것을.

멈추지 않고서는
알 수 없는 것들

언젠가 한 친구가 말한 적이 있다.

"난 매일매일 무엇인가를 기다려. 그게 뭔지는 모르겠어. 새로운 열정이 솟기를, 아니면 어서 나이 들어 편안해지길 기다리는 걸까? 아니면 지금과는 전혀 다른 세상이 오기를 바라는 마음일까? 때로는 기다림 자체를 기다리는 것 같기도 해. 어쨌든 날마다 기다리고 있어. 내게 다가올 것들을……."

친구는 무엇을 기다리고 있는지 정확하게 설명하지 못했다. 그러나 나는 듣자마자 이해할 수 있었고, 깊이 공감했다. 어쩌면 인간이란 살면서 무작정 기다리는 뭔가를 하나쯤 지녀야 메마르지 않게 살아갈 수 있는 존재인지도 모른다. 기다림이 없는 시간, 모든 것이 확정된 듯 빡빡하게 흘러가는 시간이란 때론 먹먹한 아픔이며, 잔인한 권태를 낳기 마련이기에.

무엇인가를 간절히 기다리는 시간. 지나고 나서야 그 정체가 드러나는 기다림. 자신이 어디에 속하는지, 어떤 인간이 되기를 꿈꾸는지 모색하는 멈춤의 시간. 그런 종류의 기다림을 가리켜 사회학자 노베르트 엘리아스는 이렇게 말했다.

"한 인간을 이해하려면 그가 간절히 성취하고자 하는 지배적인 소망이 무엇인지 알아야 한다."

이런 그림을 그려 보자. 한 젊은이가 한낮의 공원을 걷고 있다. 부드럽고 따뜻한 햇볕이 나무에서 흘러내려 벤치로, 잔디로 쏟아지고 있다. 인적은 드물다. 평일 낮에 동네 공원을 서성거릴 수 있는 사람은 은퇴했거나 자유로운 직업을 가졌거나 전업 주부, 혹은 아직 학교에 다니지 않는 아이 정도일 것이다.

젊은이는 자신이 글 쓰는 직업을 가졌기에 이런 여유를 부릴 수 있다고 생각한다. 그러나 일을 의뢰해 오는 곳은 별로 없다. 학교 동창이 알음알음으로 주던 일은 잡지가 폐간되는 바람에 더 이상 연락이 없다. 기업의 인사 담당자들은 젊은이가 이 지구 상에 있는지조차 모른다. 젊은이 자신도 가끔 자신의 존재가 환영은 아닐까 생각한다.

젊은이는 공원 뒤편으로 이어진 산길에 접어든다. 사람들의 발길로 다져진 등산로를 따라가면 제법 먼 동네까지 다녀올 수 있다. 젊은이는 소나무 그늘 밑을 걸으며 심호흡을 한다. 그러면서 주문을 외운다.

'피톤치드야, 나를 정화해다오.'

바람을 등지고 성곽에 올라서면 도시가 내려다보인다. 아파트와 고층 빌딩의 유리창이 햇빛을 되쏘고 있다. 세상은 손아귀에 담길 만큼 작아 보인다. 그렇다고 해서 산 위에 있는 젊은이의 존재감이 더 커지는 것은 아니었다. 젊은이는 산 아래 세상보다 더 작게 위축됐고, 막막한 적요에 휩싸였다.

가끔 이른 아침에 산행에 나섰다가 하산하는 사람들이 그의 곁을 지나쳐 간다. 산 중턱의 바위에 이르러 젊은이는 숨을 고른다. 한낮의 산은 조용하다. 너무 아름답고 고요해서 세상이 정지한 것만 같다. 젊은이는 새가 나뭇가지를 떠나는 작은 기척도 반가운 나머지 부지런히 눈으로 쫓는다. 그러다 손으로 머리를 감싸며 생각한다.

'이게 내가 꿈꿨던 인생이란 말인가?'

과거 수많은 사람들이 자신을 향해 던진 질문, 그러나 더러는 평생에 걸쳐 답을 찾지 못하는 경우도 있는 그 질문이 터져 나온다. 어떤 이는 점심시간에 주문한 음식을 기다리다가, 어떤 이는 운전을 하다 꽉 막힌 도로 위에서, 어떤 이는 뜻밖의 병으로 쓰러져 마주치는 바로 그 질문.

짐작했겠지만, 바위에 앉아 도시를 내려다보며 머리를 감싸 쥐었던 젊은이는 10년 전의 나다. 10년 전에 그랬고, 지금도 한 번씩 되풀이하는 질의응답의 풍경이다. 돌이켜 보면 나는 무위의 시간, 그 누구도 내 존재 증명을 요구하지 않은 시간을 보내면서 비로소 나를 완성해 갔던 것 같다. 뭉뚱그려 얘기하면 그렇지만 그 시간의 그물에 올올이 맺혀 있던 고독의 무게가 차마 별것 아니었다고 말할 수는 없다.

이게 내 인생의 전부가 아닐 거라고 믿는다. 그러나 당장 현실적으로 손에 잡히는 증거는 없다. 나를 만나기 위해 어떤 운명이 먼 곳에서 출발했다는 것은 안다. 그러나 얼마만큼 왔는지, 과연 내가 알아볼 수 있을지 아무것도 확신할 수 없다. 그러는 동안 세상은 나름의 질서를 따라 빈틈없이 돌아간다. 외롭고 고단하고 면역력이 약해지기 쉬운 시기이다. 그러나 돌이켜 보면 내 의지와는 상관없이 강제로 정지당한 것 같았던 그 시간조차 꼭 필요한 멈춤의 시간이었다. 그 시간들 덕택에 전진하지 않으면 행복마저 잃을지 모른다는 초조함에 시달리지 않을 수 있었다.

내가 아는 선배 작가 한 분은 날마다 한 줄이라도 쓰기 위해 작업실로 출근한다. 아침 겸 점심을 먹고 작업실로 가서 저녁 식사 전까지 머문다. 그런 뒤 가까운 이들을 불러 맛있는 저녁을 함께 먹는 것으로 한나절 동안 고독하게 자신과 대면해야 했던 시간을 보상받는다. 그런 자리에서 선배가 한 말이 생각난다.

"가장 위험한 때가 언제인지 아니? 글이 잘 안 써질 때가 아냐. 오히려 손이 머릿속을 따라가지 못할 정도로 글이 잘 풀릴 때지. 일이 잘 될 때는 몸이 감당할 수 있는 한계를 넘어서 무리하기 쉽거든."

신나게 쓸 때는 날아가는 기분이겠지만 그렇게 하루를 무리하면 그 여파가 며칠을 간다. 몸과 마음의 기력을 회복해 리듬을 되찾자면 또 시간이 걸린다. 선배는 여러 해의 경험을 통해, 더 잘 쓰고 싶다는 욕심을 제어하지 못하고 내달렸을 때 오히려 값비싼 대가를 치러야 한다는 것을 알게 됐다고 했다. 장기간에 걸쳐 작업을 하자면 마라톤 선수처럼 일정한 보폭으로 움직이며 절제하지 않으면 안 된다. 그래서 하루에 정해 둔 시간만큼 일한 뒤에는 강제적으로라도 자신에게 "이제 그만!"을 외친다고 한다. 스스로 멈추기 어려울 때는 가족들의 도움을 받기로 했다. 예컨대 이런 식이다.

"오늘은 여기까지 하는 게 어떨까."

가족 중 누군가 넌지시 말한다. 그러면 아무리 아쉬워도 그 자리에서 멈춘다. 자신에게 이롭고 꼭 필요한 일이라고 해도 한 번에 체득될 리 없다. 좋은 것을 절제하는 데도 훈련이 필요한 법이니까. 어느 날 우연한 기회에 내가 정지 단추를 누르는 역할을 한 적이 있었다. 그날따라 선배는 눈이 쑥 들어가 보이도록 피로해 보였다.

"좀 쉬었다 하는 게 어때요?"

내 말에 선배는 눈을 끔벅끔벅하더니 이내 책상에서 내려왔다.

"그래. 그게 좋겠다. 나, 말 잘 듣지?"

칭찬을 바라는 아이처럼 개구진 표정을 짓는 선배를 보니 웃음이 나왔다. 열정을 다해 글 쓰는 모습 못지않게 과감하게 멈출 때를 아는 것도 얼마나 멋진 일인가.

미국인 데이빗 J. 쿤디츠가 경험한 멈춤은 더 극적이다. 그는 사제 서품을 받은 뒤 19년 동안 교구에서 활동한 신부였다. 그런데 마흔 살이 되던 해에 갑자기 정신적 위기가 찾아왔다. 미사를 집전하는 일이나 예전에 의미 있다고 생각한 것에서 더 이상 행복을 느끼지 못하는 자신을 발견한 것이다. 그 변화는 급작스러워서 스스로도 혼란스러웠다. 때로는 기도마저 일거리로 다가올 지경이었다. 전환점에 선 사람이 그렇듯 그도 자신에게 물었다.

"이게 내 인생의 전부란 말인가?"

만약 마음 깊은 곳에서 '그렇다'는 대답이 나온다면 그저 휴식과 새로운 충전이 필요하다는 신호일 수 있다. 그럴 경우 적절한 조치를 취하면 된다. 그러나 '아니다'는 대답만이 메아리친다면 사정이 다르다. 그것은 다른 삶이 우리를 부르는 신호이다. 데이빗 J. 쿤디츠는 후자의 경우였다. 그는 이때의 경험을 가리켜 '멈춤'이 필요한 시기였다고 말한다.

내면의 질문, '이게 내 인생의 전부란 말인가?'는 내가 내 인생에 대해 탐구해야 할 다른 분야가 틀림없이 있다는 것을 함축하고 있었다. 내가 분명하게 인식한 것은 그 이전까지 내 삶의 의미와 가치라고 여겼던 것들이, 이제는 더 이상 아무런 감동을 주지 못한다는 사실이었다. (중략) 나는 한 달 동안 의지를 발휘해 긴 멈춤의 시간을 가졌다. 캘리포니아 북부 해안의 어느 외딴 마을에서 미술 강좌를 들으며 지냈던 것이다. 미술 강좌를 듣는 것이 나로서는 새로운 방식의 아무 일도 안 하는 무위의 행동이었다. 그게 내가 한 전부였다. 친구도 사귀지 않았고, 오로지 혼자서만 시간을 보냈다. 그러자 내가 제기했던 인생의 여러 물음들이 더 이상 고통으로 여겨지지 않으면서 그저 내 삶의 뒤편으로 물러났다.

멈춤의 시간을 보낸 뒤 데이빗은 마침내 사제직을 떠나기로 결심했다. 그리고 심리학 박사 과정을 밟은 뒤 작가이자 카운슬러가 되어 인생 2막을 시작했다.

멈춘다는 것. 그것은 새로운 방식으로 삶과 소통하기 위한 준비 과정이다. 적절한 때에 내 의지로 멈추지 못하면 후유증이 생기게 마련이다. 만약 데이빗이 멈춤의 시간을 갖지 않고 우유부단하게 사태를 방관했다면 자신은 물론이고 주변 사람들에게도 상처를 주고 말았을 것이다. 미사를 올리거나 기도하는 일에 더 이상 행복을 느끼지 못하는 신부를 계속 지켜봐야 하는 신도들을 생각해 보라. 얼마나 혼란스러웠겠는가.

멈춘다는 것은 주류를 이루는 가치에 '정말 그런가?' 하고 의문을 던지는 것이며, 엄숙함을 가장한 가짜 권위를 향해 자신의 목소리를 들려주는 것이다. 그래서 멈춤은 기득권을 지닌 사람들에게는 불쾌한 도전으로 다가오게 마련이다. 그들은 세상이 그럭저럭 이 상태 그대로 돌아가길 바란다. 독점적 지위를 누리는 세력에겐, 다른 사람들이 잠시 멈춰 자신이 진정으로 원하는 것이 무엇인지 생각하는 것만큼 두려운 일은 없다.

이 책을 쓰면서도 나는 필요할 때마다 멈춤의 시간을 가졌다. 그러면서 내게 다가오고 있는 것의 실체를 느껴 보려고 했다. 때로는 침대에 누워 눈을 감고 왼손은 심장 부근에, 오른손은 단전에 대고 숨을 깊이 들이마시고 내쉬다 잠들어 버렸다. 늘 하듯이 동네를 가로지르는 하천 산책로를 천천히 걷기도 했다.

막 문을 연 카페에 들어가 그날의 첫 커피를 마시는 것 외에는 아무것도 하지 않는 아침도 있었다. 커피 값만 챙겨 와서 시선을 고정시킬 책도, 스마트폰도, 노트북도 없다. 이른 아침의 카페는 조용하다. 나는 그곳에 그저 존재할 뿐이다. 호수 위에 떠 있는 배에 누워 흘러가는 구름을 보듯, 시공간을 멋대로 가로지르는 몽상에 모든 것을 맡기는 시간. 그런 멈춤의 시간을 보낼 때마다 나는 새로운 힘을 얻어 다시 내 자리로 돌아올 수 있었다.

먼 훗날, 산에 올라 세상을 내려다보며 나는 스스로에게 또 이렇게 물을지도 모르겠다.

"이게 네가 꿈꾸던 인생이야?"

그때쯤에는 이렇게 답할 수 있었으면 좋겠다.

"맞아. 하지만 다른 인생이 가능했다고 해도 괜찮아. 난 여러 번 멈추고 내가 정말 원하는 길을 가고 있는지 살펴보려 애썼어. 지금의 나를 받아들일 거야. 그리고 그런 나 자신에 대해 감사하게 생각해."

앞날의 두려움보다
오늘의 행복

　루마니아에서 태어난 철학자 에밀 시오랑은 잠깐 고등학교 철학 교사를 하던 시절을 빼면 평생 직업을 갖지 않았다. 그는 스물여섯 살에 파리에 와서 싸구려 호텔 7층 다락방에서 살았다. 그리고 고독한 글쓰기를 이어갔다. 그의 연보는 이렇게 끝난다.

　"1995년 6월 파리에서 숨을 거둘 때까지 그는 절망과 허무의 극한에서 살고, 생각하고, 썼다."

　에밀 시오랑은 필사적으로 아무것도 이루지 않으려고 애썼다. 참으로 기괴한 인생이라 할 만하다. 그러나 말년에 이르러 그의 시도는 실패하고 만다. 이방인의 고독 속에서 그가 길어낸 사유에 서구 지성계는 찬탄을 보냈고, 대중들까지 환호했기 때문이다. 인간 존재의 가혹한 조건을 극단까지 밀어붙인 글들이 역설적으로 세상의 주의를 끌고 말았다. 아무것도 이루려 하지 않고 다만 존재한다는 것의 심연에 대해 평생을 파고들었던 에밀 시오랑. 그러나 끝내는 뭔가를 이루고 만 인생이라니. 남의 인생이나 내 인생이나 세상 일 참 마음대로 안 된다.

고백하자면 내가 지금까지 정식으로 회사라는 조직에서 일한 적은 딱 두 번이었다. 기간은 통틀어 2년 남짓에 불과하다. 그 외의 시간은 모두 조직 밖에서 일했다. 2년여 회사 생활을 하면서 '자, 이만하면 조직 생활은 나와 안 맞는다는 걸 알았으니 슬슬 다른 판을 짜 볼까' 하는 생각으로 뛰쳐나온 것은 아니다. 오히려 '의외로' 조직에 잘 맞는 인간이라는 걸 알고 놀란 적이 한두 번이 아니다. 조직 안에서건 바깥에서건 변함없이 내 흥미를 끈 것은 사람과 그들의 행동이었다.

20대 초반에 은행원으로 일할 때는 누가 시키지 않았건만 퇴근 후엔 각종 예금 상품 팸플릿을 챙겨 와서 동네 아파트 우편함에 꽂았다. 누가 알아주길 바라서가 아니라 내 신명에 겨워 한 일이긴 해도 지금 생각하니 조금 민망하다. 과잉은 결핍의 다른 이름인 것. 꼭 그렇게까지 하지 않아도 괜찮았을 텐데 말이다. 친척들의 재산세를 내가 근무하는 지점에 내도록 부탁하는가 하면, 사내 평가 시험에서 우수 직원상을 받기도 했다. 아직 나는 열정을 쏟을 목적지를 발견하지 못한 젊은이였다. 그 당시 누군가 내게 마늘 까는 일을 하루 종일 시켰다 해도 아마 손톱이 부러지도록 깠을 것이다. 마치 태엽을 감아서 한 장소에 놓아두면 정지 버튼을 누를 때까지 계속 움직이는 인형처럼.

대학을 졸업하고 출판사에서 일할 때도 월급을 받으며 공부한다는 생각으로 재밌게 다녔다. 내가 다니는 출판사에서 펴내는 책들을 열정적으로 읽어댔다. 저자의 원고를 처음 읽는 것도, 숨은 방외지사를 찾아다니는 일도 즐거웠다. 조직 생활의 시고 달고 뼈아픈 기억도 있지만, 그 시절에는 그 시절 나름대로 고된 행복이 있었다. 의도하지 않았지만 초심자의 행복이 유지되는 기간 동안만 열의를 다해 다녔고, 회의와 갈등이 시작되는 연차에 이르기 전에 그만두었다. 그러므로 내가 의외로 조직에 맞는 인간이라는 판단은 긴 시간 속에서 검증받은 게 아니므로 나 자신에 대한 숱한 오해 중 하나일 수 있다.

어쨌거나 조직을 떠난 이후에도 굶어죽지 않고 살아남았다. 숨만 쉬고 산 세월도 있었고, 긴 여행을 떠났다 돌아오기도 했다. 때로는 비행기와 인력거를 탔고, 히말라야 자락의 동굴 안에 앉아서 태고의 적요를 맛보기도 했다. 먼지로 속을 채운 매트리스에서 자기도 했으며, 산에서 마주친 양떼에게 벼룩이 옮아 몇 달을 피부가 벗겨지도록 긁어대며 고생하기도 했다. (주제에서 벗어난 얘기지만, 벌 받아 마땅한 사람이 있거든 양떼 사이로 떠밀어 보는 것도 한 방법이다. 나머지는 양떼와 벼룩이 알아서 해 준다.)

세상을 떠돌 때는 불안의 먹이가 되지 않았다. 몽골의 유목민들은 두어 시간이면 천막을 거두어 말 뒤에 싣고 주저 없이 다음 초지로 떠난다. 그러나 말에서 내려 정착하는 순간, 고민이 시작된다. 샘의 물은 풍부한지, 풀은 잘 자랐는지, 쇠뿔도 부러뜨린다는 겨울바람 속에서 가축이 얼어 죽지는 않을는지……. 갈등과 걱정이 끊임없이 생긴다. 여행에서 돌아올 때마다 나도 그랬다.

'한 번도 앞날을 두려워해 본 적이 없다'고 말하는 사람을 나는 믿지 않는다. 그럴 수 있다는 가능성까지 부인하는 것은 아니다. 다만 앞날을 두려워해 보지 않은 채 어떻게 인간살이에 깊은 연민을 지니고 타인을 이해할 수 있을까 싶은 것이다. 최고 권력자도 재벌 총수도 앞날을 두려워한다. 그들은 가진 것을 잃을까 봐 두려워하고, 서민들은 원하는 것을 얻지 못한 채 인생의 마지막이 불행하게 끝날까 두려워한다는 게 다를 뿐이다. 남들은 자꾸 앞질러 가는데 나만 혼자 뒤처질지 모른다는 불안은 생각 외로 힘이 세다. 그것과 드잡이 하느라 현상 유지 이외에는 엄두를 못 내고 살아간다.

얼마 전 오랜만에 선배 한 분을 만난 적이 있었다. 내가 아는 사람을 통틀어 가장 웃음이 많고, 낙천적이며 세상의 선의를 믿는 이였다. 결혼해 아이를 키우느라 소식이 뜸하다가 오래간만에 만났는데도 어제 만난 듯 여전해 보였다. 선배가 말했다.

"집에서 신문을 받아보는데 매주 한 번씩 재테크 상담을 해주는 지면이 있어. 상담을 의뢰한 사람의 나이와 그 사람이 지닌 부동산, 예금 자산, 보험 등을 밝히고 재무 설계를 해 주는 거지. 처음에는 내 나이와 비교해서 사소하게 좌절하기만 했는데 이걸 몇 년씩 쭉 보니까 슬슬 불안해지는 거야. 이 사람은 벌써 이렇게 이뤄놨는데 난 이렇게 살아도 될까, 심란해지더라고."

선배는 나중에야 언론과 금융사가 합작으로 불안 마케팅을 하고 있다는 걸 깨달았다고 한다. 그러나 선배처럼 우리를 옥죄는 거대한 구조를 알게 됐다고 해서 당장 불안에서 벗어날 수 있는 건 아니다. 그 구조의 일부가 되기 위해 열심히 미래를 위해 재테크를 하거나, 구조를 무력화시킬 만큼 강력한 내적 가치를 가지는 수밖에 없다. 둘 다 힘든 길이다. 선배는 또 말했다.

"흔히 자기 나이만큼의 평수에 살아야 한다고 하잖니. 난 그동안 뭘 했나 싶어서 힘이 빠지더라."

아, 세상은 낙천적이던 사람을 이렇게 길들여 가는구나. 이렇게 사람들을 좌절감으로 대동단결하게 만드는구나. 쓸쓸해졌다.

나는 진심으로 옛 고구려와 발해의 땅을 잃어버린 것을 안타깝게 생각한다. 그나마 남은 땅마저 두 동강 난 것은 더더욱 안타까운 일이다. 정복과 영토에 대한 야망 때문이 아니다. 우리에게 광활한 초지와 거칠고 위험한 황야가 있었다면 유목민의 여유가 조금은 남아 있지 않았을까 싶어서이다. 적어도 정착지와 소유에 대한 초조한 욕망에서 조금은 자유로울 수 있지 않았을까. 유목민처럼 두어 시간 만에 세간을 정리해 다른 곳으로 떠날 수 있는 가벼움과 여유만큼은 아니더라도 말이다. 나이만큼의 평수라면 80세에는 80평, 100세에는 100평이 필요한 것일까. 그렇다면 오래 살수록 지구에서 필요한 면적이 넓어진다는 말이고, 나이 들수록 민폐라는 말이 아닌가. 대한민국은 정말 재밌는 기준을 가진 나라이다.

그건 그렇고 안타까운 소식이 하나 있다. 우리 중 대다수는 젊은 시절에 10억 벌기에 성공하지 못하고, 지금 다니고 있는 직장에서 정년을 맞지 못하며, 은퇴 이후의 긴 노후 생활에 필요하다는 10~20억의 자금도 마련하지 못한다. 냉정한 단정이라고 할지 모르지만 현실이 그렇다. 누구의 도움도 받지 않고 스스로 이 모든 것을 이루는 사람은 소수에 불과하다. 그런데 우리 사회는 이 소수가 성취하는 기준을 모든 사람이 이룰 수 있다는 듯 등을 떠밀고 세뇌시킨다. 대다수를 실패자로 만드는 룰이 망령처럼 우리의 영혼을 좀먹고 있는데, 그 틀에서 벗어나는 것조차 쉽지 않다.

요즘 직장에서는 창업을 하려고 회사를 떠나는 동료를 아무도 부러워하지 않는다고 한다. 앞에서는 잘해 보라고 격려하지만 뒤에서는 '쯧쯧' 혀를 찬다. 직장의 그늘을 떠나는 걸 그만큼 무모한 일이라 생각하는 것이다. 그래서 이직하는 것, 또는 아예 다른 분야에 도전하는 것은 전 생애를 건 모험이자 용기와 결단을 필요로 하는 일이 돼 버렸다. 결과적으로 현상 유지 외에는 아무것도 꿈꾸지 못하는 사회가 돼 버린 것이다. 한 번 삐끗하면 수렁으로 빠져 버린다고 믿는 사회, 다시 일어서기 힘들 만큼 치명상을 입히는 사회란 생각만 해도 암울하다.

오래 전, 지인 중 한 사람이 일 때문에 박원순 변호사를 만난 적이 있었다. 서울시장이 되기 전이었다. 그때 박원순 변호사가 들려줬다는 이야기가 가끔 생각나곤 한다.

"전 보험을 하나도 들지 않았어요. 미래에 생길지 모르는 위험에 대비하는 것도 좋죠. 하지만 보험금 낼 돈으로 지금 내 주위에 있는 사람에게 잘하며 재밌게 사는 게 더 낫지 않나 생각합니다. 저는 나눔이야말로 가장 확실한 보험이라고 생각해요. 현재에 충실하며 적극적으로 나누고 살면 설마 제가 노숙자로 죽기야 하겠어요?"

잘 알려져 있다시피 박원순 시장은 아름다운 재단을 설립해 기부 문화를 사회 저변에 확대시킨 이다. 세상이 성장과 발전만을 지상 과제로 질주해 갈 때 그는 이제 우리 사회도 나눔을 삶의 다른 축으로 삼을 때가 됐다고 여겼다. 그뿐만 아니라 희망제작소를 비롯해 공동체 정신을 살리기 위해 여러 시도를 해 왔다.

박원순 시장이 지금도 보험이나 연금을 들지 않은 상태인지는 모른다. 그리고 직업, 사회에서 위치, 살아온 이력 모든 면에서 그와 나 사이엔 큰 차이가 있다. 하지만 그의 말에서 나는 앞날에 대한 불안에서 벗어날 수 있는 단서를 본다. 나눔이야말로 가장 확실한 재테크라는 통찰, 바로 그 속에 불안의 시대를 꿰

뚫는 선구안이 담겨 있다.

트레버라는 열두 살 소년이 있었다. 어느 날 트레버네 반은 루벤이라는 사회 선생님에게서 '세상을 바꿀 수 있는 아이디어를 생각해서 실천하라'는 특별 과제를 받는다. 고민 끝에 트레버는 '다른 사람에게 베풀기 운동'을 생각해냈다. 그 운동은 인간의 선의와 간단한 산수를 결합시킨 것이었다.

"제가 세 사람에게 아주 좋은 일을 해 주는 거예요. 그럼 그 사람들이 어떻게 은혜를 갚으면 되냐고 물어보겠죠. 그럼 전 'Pay it forward!' 즉 다른 사람에게 베풀라고 요구하는 거죠. 세 사람이 각각 세 사람씩 돕게 되면 아홉 명이 도움을 받게 되겠죠? 그 아홉 명이 또 세 사람에게 도움을 주면 스물일곱 명이 될 거고요. 이런 식으로 계속되면 도움을 받는 사람의 수가 엄청나게 늘어날 거예요."

도움이 도움으로 이어져 널리 퍼지면 언젠가는 나 자신도 도움을 받게 되고, 세상은 더 살기 좋은 곳으로 바뀔 거라고 소년은 말한다. 트레버는 그 믿음을 실천하기 위해 자신에게 가장 소중한 것들을 차례로 세 사람에게 나눠 준다. 캐서린 라이언 하이디가 쓴 소설 『트레버』에 나오는 이야기이다. 이런 시도로 세상을 더 나은 곳으로 만들 수 있을까. 열두 살 소년의 순진한 생각에 불과하다는 생각이 들기도 한다. 그러나 때로는 천진한 작은 생각이, 지극히 낭만적인 아이디어 하나가 세상을 바꾸기도 한다. 알고 보면 지금 우리가 당연하게 누리고 있는 것들 대다수가 처음에는 터무니없는 발상에서 시작됐다.

나는 20대 시절보다는 앞날을 두려워하지 않는다. IMF 위기가 내 청춘을 꿰뚫었던 시절, 사는 일이 무서워 이불을 뒤집어쓰고 울었다. 은유가 아니라 실제로 그랬다. 뉴스만 틀면 부도난 기업 명단과 자살한 사람들 이야기가 쏟아져 나왔다. 집값이 폭락했고, 하루아침에 실업자가 된 사람들이 넘쳐났다. 모라토리엄(정치·경제적인 이유로 국가의 대외부채를 지불 유예하는 것)이라는 생소한 단어를 갑자기 알게 됐고, 그 상태가 선언되면 아프리카의 어느 나라처럼 수레에 돈을 가득 싣고 가도 쌀 한 자루 살 수 없을 정도로 인플레가 온다는 흉흉한 소문이 떠다녔다. 산다는 것 자체가 악성 루머인 나날이었다. 전쟁을 경험하지 못했던 세대에게 IMF는 자본이라는 총탄에 사람이 죽어 나가는 새로운 형태의 전쟁 경험을 안겨 주었다.

그 시절보다 내 형편이 훨씬 나아져서 지금 앞날이 두렵지 않다는 얘기는 아니다. '인생 뭐 있어?'라고 외칠 만큼 호기가 넘쳐서도 아니다. 적어도 지금은 남이 보는 행복이 아니라 내가 느끼는 행복을 내 삶의 기준으로 삼을 줄 알게 됐기 때문이다. 통장 잔고와 우리의 벌이는 잔혹하리만치 객관적인 숫자로 표시되지만, 고맙게도 행복은 지극히 주관적인 만족의 영역이다. (신이시여, 감사합니다!)

그리고 또 하나 내가 미래를 두려워하지 않는 것은 사람이 막다른 골목에 이르면 반드시 살 길을 찾을 것이라는 믿음이 있어서다. 지금까지 인류 문명은 그런 식으로 돌파구를 찾아오지 않았던가. 그동안 우리는 다른 사람을 짓밟고 일어서서 누리는 행복을 추구해왔다. 그래서 너나없이 모두 불행해지고 말았다. 그러나 이 악순환을 자각한 사람들이 많아지고, 상처 없는 풍요로움을 누리기를 원하는 사람들이 늘어나면 세상은 조금씩 달라지지 않을까. 그런 세상이 온다고 진심으로 믿는다면 내가 앞날을 불안해하지 않는 첫 번째 사람이 된다고 한들 어떻겠는가. 나는 기꺼이 앞날을 두려워하지 않을 권리를 누리는 여자 1호가 될 것이다(라고 말하지만, 실제로는 107,205호쯤 되지 않을까 생각한다).

나이의 무게 대신
뻔뻔하고 당당하게

가끔 인터넷에는 초등학생들의 엉뚱하고 기발한 답이 적힌 시험지가 떠돌곤 한다. 그 가운데 지금까지 잊히지 않는 답안지가 있다. 빈칸을 채워 속담을 완성하는 국어 시험 문제였다.

'사촌이 땅을 사면 _____'

우리가 알고 있는 답은 '사촌이 땅을 사면 배가 아프다'이다. 그런데 한 초등학생은 삐뚤빼뚤한 글씨로 이렇게 썼다.

사촌이 땅을 사면 보러 간다.

이 답안을 보자마자 통쾌한 웃음이 터져나왔다. 그리고 감탄했다. 인간이란 모름지기 이래야 하는데. 이런 마음으로 살았다면 오늘날 세상이 이 꼴이 되진 않았을 텐데 말이다. 맑고 순수

한 아이들이기에 한 점 자의식이나 시기심 없이 이렇게 답할 수 있었을 것이다. 사촌이 땅을 사면 공연히 배앓이를 할 게 아니라 어떤 곳인지 보러 갈 일이다. 그러고 보면 어른들의 골칫거리인 시기나 질투, 남과 비교하기 같은 독소는 타고났다기보다 서서히 사회화라는 이름 아래 학습한 것이 아닌가 싶다.

얼마 전에 「굿바이 마이 프렌드」라는 오래된 영화를 보면서도 혼자 빙긋이 웃었던 장면이 있다. 수혈을 받다가 에이즈에 걸린 덱스터라는 소년과 이웃집에 사는 에릭은 세상의 편견을 뛰어넘어 둘도 없는 친구가 된다. 에릭은 친구를 살릴 치료약을 찾겠다고 동네 강가에서 온갖 꽃과 잎을 찾아다닌다. 풀숲을 이리저리 헤치고 다니다가 둘이 나누는 대화이다.

덱스터 한 가지 궁금한 게 있는데 벌레들의 화장실은 어디야?
에　릭 나뭇잎 위는 아니야.
덱스터 어떻게 확신해?
에　릭 나뭇잎은 벌레들의 식량이잖아. 자기들 음식에 똥 싸는 멍청한 벌레가 어디 있어?

더 없이 사랑스럽고 귀여운 문답이다. 에릭 말대로라면 벌레들은 멍청하기 짝이 없다. 나뭇잎 위에 똥을 싸니까 말이다. 싸기만 하는 게 아니라 그 위를 뭉개며 다니기도 한다. 지금까지

더러워 죽겠다며 따로 화장실을 만들자고 벌레들 사회에 변혁을 일으키는 운동은 일어나지 않았다. 수천 년 동안 벌레들은 앞에서는 잎을 갉아먹고, 뒤로는 똥을 싸며 다녔다.

심리학자 대니얼 길버트는 인간이 왜 현재의 자신에 만족하지 못하고 늘 굶주린 영혼을 지닐 수밖에 없는지에 대해 촌철살인의 말을 남긴 바 있다.

인간은 미래를 생각하는 유일한 동물이다. 음식을 먹을 때 뚱뚱해질 것을 걱정하는 두더지는 없으며, 눈가의 주름을 걱정하는 코끼리나 내년 식량을 걱정하는 판다도 없다.

그렇다. 인간에게는 '미래'라거나 과거, 현재와 같은 시간관념이 있다. 우리는 시간을 인식하면서부터 불안에 휩싸이는 어른이 된 건지도 모르겠다.

어느 소설 속 주인공이 스물다섯이나 돼 버린 자신에게 화들짝 놀라며 실의에 빠지는 장면을 읽은 적이 있었다. 마침 그 소설을 읽고 있던 무렵의 내 나이도 스물다섯이었다. 나는 그 구절을 몇 번 되풀이해 읽다가 실연당한 것처럼 이불을 뒤집어쓰고 누워 버렸다. 어쩐지 소설 속 주인공처럼 인생을 향해 전의를 불태우기보단 암담한 현실을 더 고민해야 할 것 같았다.

'스물다섯이 그처럼 늙어 버린 나이란 말이지. 이를 어쩐다…….'

지금 생각하면 우습기만 한 일이다. 스물다섯은 얼마나 싱싱하고 젊은 나이인가. 서른도 그렇고, 마흔도 그렇다. 평균 수명이 늘어났기에 오늘날의 나이는 예전의 어른들이 실감하던 나이에서 20퍼센트쯤은 빼야 균형이 맞는다.

그런데도 우리는 유난히 10년 단위로 꺾어지는 나이에 민감하게 반응한다. 서른이 그렇고, 마흔 살, 쉰 살이 그렇다. 한동안의 마음 앓이를 거치고 나서야 마지못해 자신의 나이를 긍정한다. 나도 예외는 아니었다. 서른을 눈앞에 두고 목에 가시가 걸린 것처럼 내 나이를 껄끄러워하며 인생 선배들에게 무수한 질문을 던졌다. 서른을 언급한 책과 시를 모으기도 했다. 그중에 진은영 시인의 '서른 살'이란 시의 한 구절은 기억날 때마다 소름이 돋았다.

지금부터 저지른 악덕은
죽을 때까지 기억난다

세상에, 저주도 이런 저주가 없다. 인간이 저지르는 본격적인 악덕은 서른 이후부터 압도적으로 많아지는데 말이다. 나이에 대한 서늘한 자의식, 젊음에 대한 집착, 어른스러워야 한다는 압박감, 나잇값에 대한 부담…… 그 모든 것은 아이의 천진한 심성과 맑은 영혼을 사회화라는 이름으로 세상에 헌납하면서 생기는 게 아닐까.

한 번은 다양한 연령층으로 이뤄진 모임에서 버스를 대절해 경주로 여행을 간 적이 있었다. 그 모임에서는 나도 어린 축에 속할 만큼 평균 연령이 높았다. 일정을 마치고 떠나던 날, 버스가 경주를 벗어날 때였다. 마침 벚꽃 철이라 행락객이 많은 탓에 도로에 차들이 꽉 들어차 있었다.

버스가 마침 그 유명하다는 경주 황남빵 가게 앞을 천천히 지나게 됐다. 창밖에 시선을 두고 있던 나는 무심코 "와! 저 집 빵이 맛있다던데……" 하고 혼잣말처럼 중얼거렸다. 버스 안에 갇혀 있는 게 아니라면 사서 맛도 보고, 선물용으로도 샀을 텐데. 아쉬운 마음에 나도 모르게 나온 말이었다. 그 소리가 앞자리에 앉은 선배 귀까지 들렸던가 보다. 정면을 보고 있던 선배의 머리가 갑자기 창 쪽으로 돌아가더니 잠시 거기에 머물렀다.

마침 버스는 그 빵집 부근에서 길 위에 갇혀 있었다. 선배가 벌떡 자리에서 일어서서 기사에게 다가가는 모습이 보였다. 둘이 몇 마디 주고받더니 버스 문이 열렸고, 선배는 가게 안으로 빨려 들어가듯 사라졌다. 얼마 지나지 않아 다시 버스에 오른 선배의 손에는 묵직한 빵 봉투가 들려 있었다. 선배는 버스에 탄 사람들 모두에게 빵을 돌리기 시작했다. 여기저기서 고맙다는 인사가 들리자 선배는 활짝 웃으며 말했다.

"경주에 왔으니 이 빵은 먹어 보고 가야겠지?"

내 몫으로 돌아온 먹음직스러운 갈색 빵을 보며 나는 벼락처럼 어떤 사실을 깨닫고 얼굴을 붉히고 말았다. 빵을 사 온 선배는 그날 그 버스 안에서 가장 연장자였던 것이다. 선배는 집안에서도 장녀였다. 더구나 어려서부터 엄마 역할까지 했던 실질적인 가장이었다. 오랜 세월 동생과 후배들을 거둬 먹이고, 배려해 온 삶이 그날의 빵 봉투까지 이어진 것이었다.

뒷자리에서 빵집을 바라보며 군침을 삼키는 철부지 후배였던 나는 자그만 자책감에 휩싸였다. 아랫사람이 '뭐가 먹고 싶다', '뭘 가지고 싶다'고 하면 반사적으로 할 수 있는 한 들어주고 싶은 것이 '어른'의 입장이다. 무심코 한 말 덕분에 황남빵을 맛볼 수 있었지만, 그 많은 인원에게 몇 개씩 돌아가도록 먹이기 위해 선배는 적지 않은 돈을 써야 했을 것이다. 어른에겐 일단 아랫것들을 '멕이는' 일이 중요하니까 말이다. 그 봄날의 빵을 생각할 때마다 가슴에 벚꽃처럼 아스라한 고마움과 미안함이 번갈아 피어나곤 한다.

"어디 네가 사 주는 빵 좀 먹어 볼까? 후딱 뛰어가서 사 와라."

이렇게 말하는 선배의 모습을 나는 상상할 수 없다. 그 선배뿐만이 아니라 내 주위의 다른 어른도 마찬가지이다. 평소에는 유쾌하고 재치가 넘치지만 어쩐 일인지 어른 노릇에 이르면 진지하고 무거워지고 만다. 마찬가지로 내가 후배들과 있다고 해도 탁구공처럼 가볍기가 쉽지는 않았을 것이다.

어쩌다 우리는 어른 노릇 같은 걸 하고 있을까. 어른이 되고 나잇값을 하고 산다는 건 때론 눈물겨운 일이다. 때로는 어른을 공경해야 한다는 유교적인 관습에 부담을 느끼며 저항하면서도, 기대고 의지할 데가 필요하면 어른을 찾는 우리 사회의 모순적인 관습을 생각하면 더욱 그렇다.

가끔은 어른이 되지 않을 권리를 누려 보고 싶다. 무책임해지겠다는 말이 아니다. 사촌이 땅을 사면 사심 없이 보러 가고, 벌레들이 어디다 똥을 누는지 궁금해 하고, 눈가의 주름을 걱정하지 않는 코끼리처럼 마음껏 웃으며 천진하게 살아 볼 권리. 누구에게나 있고, 누구나 누릴 수 있지만 나이라는 틀에 묶여 지레 포기했던 아이의 마음으로 살아 보고 싶다는 말이다.

어린아이의 천진함을 간직하면서도 품위도 놓치지 않는 어른으로 살기, 뭔가를 시작하려다가도 나이 때문에 망설여지면 "아니, 늦으면 얼마나 늦었다고!" 하면서 당차게 앞으로 나아가기, 일흔 살 혹은 여든 살이 돼서도 후드티를 입고 산책하기, 내 세대의 이익이 아니라 젊은이들이 살아갈 세상을 고민하고 응원하기. 이런 어른이 되는 꿈을 꿔 본다.

삶의 의미를 되새기게
만드는 순간들

물장군을 본 적 있는지.

내가 어렸을 때만 해도 연못이나 개울가, 또는 수초가 있는 물웅덩이에서 어렵지 않게 물장군을 볼 수 있었다. 그러나 요즘은 수질 오염 때문에 보호 종으로 지정된 귀하신 몸이 됐다. 물가에서 놀다가 우연히 물장군을 만나면 흠칫 놀라며 뒷걸음치던 기억이 난다. 물장군은 물에 사는 곤충 가운데 덩치가 가장 큰 편이다. 내가 물장군 무섬증을 갖게 된 것은 어느 날 우연히 목격한 장면 때문이었다.

초등학교 4, 5학년 때쯤 살았던 시골 동네에는 커다란 저수지가 있었다. 아이들은 학교를 마치면 누가 말하지 않아도 그곳으로 모였다. 수심이 꽤 깊고, 몇 해에 한 번씩 사고를 당한 사람이 생기는 곳이어서 안전한 놀이터라고 할 순 없었다. 어른들이 저수지에 빠져죽은 사람 얘기를 하며 겁을 주어도 우리는 아랑곳

하지 않았다. 죽음이란 아이들에겐 너무나 추상적인 위협이기 마련이었으니까. 그 저수지 한가운데에는 작은 섬이 있었는데, 아이들은 그곳까지 헤엄쳐 가서 몸을 말린 뒤 나무를 타고 놀다가 해가 저물 무렵이 돼서야 둑으로 올라오곤 했다.

짓궂은 남자아이 하나가 저수지 근처 풀숲에서 뱀을 잡은 날이 기억난다. 실뱀 따위는 논두렁을 뛰어다닐 때 무심코 물컹물컹 밟고 다닐 만큼 흔했지만, 뱀이란 종은 언제 봐도 징그러웠다. 여자아이들은 꺄악, 꺄악 소리를 질러댔다. 남자아이들은 돌아가며 뱀의 모가지를 잡고 빙빙 돌리다가 땅바닥에 패대기를 쳐댔다. 마침내 뱀이 축 늘어지면 아이들은 동네 공사판에서 일하고 있는 아저씨들을 찾아갔다. 그리고 짧고 간단한 흥정을 벌였다.

"옜다, 300원. 더는 안 돼."

300원. 그게 내가 기억하는 뱀 값이었다. 아저씨들은 능숙하게 뱀의 껍질을 벗기고 토막 쳐서 석쇠에 구워 먹었다. 그때 어린 내 눈에 비친 어른들의 세계는 불가사의 그 자체였다. 언젠가 저 세계의 일원이 된다거나, 그들을 이해하는 날이 오리라는 상상은 아예 떠오르지도 않았다. 어른들은 언제나 아이들이 가져온 뱀을 사 주었고, 값은 크기와 종류에 따라 달랐다. 여자아이들은 소름끼쳐 하면서도 기묘한 호기심을 이기지 못해 종종 거래 현장까지 따라가곤 했다.

어느 날 나는 아이들이 땅에 패대기칠 때마다 꿈틀대며 필사적으로 기어가려고 애쓰던 뱀의 모습보다 더 충격적인 장면을 보고 말았다. 장소는 그 저수지였고, 주인공은 바로 물장군이었다. 아니, 처음에는 물장군이 주인공인지도 몰랐다.

내 눈에는 물에 반쯤 떠 있는 검지 손가락만 한 개구리만 보였다. 아마도 물속을 헤엄치다 둑으로 올라오려던 참이었던가 보다. 나와 개구리 사이는 40센티미터쯤 떨어져 있었다. 몇 번만 다리를 휘저으면 곧 닿을 만한 거리에서 이상하게 개구리는 더 이상 전진하지 않고 제자리에 머물러 있었다. 처음에는 나 때문인 줄 알았다. 나와 눈이 마주쳤으니 경계해서 오지 않는 거라고 생각했다. 그런데 잠시 후 개구리의 눈은 졸린 듯, 마치 독한 주사를 맞은 듯 시나브로 윤기를 잃어 가기 시작했다.

뭔가 심상치 않은 일이 일어나고 있었다. 공기가 가득한 풍선의 입구를 아주 조금만 열어 놓은 것처럼 서서히 개구리의 몸피가 줄어들었다. 변화는 천천히, 그러나 뚜렷하게 일어났다. 조금 지나자 놀랍게도 마치 지지대가 무너진 천막처럼 개구리의 피부가 털썩 내려앉는 게 아닌가. 녹색 피부는 쭈글쭈글해지며 종이처럼 얇아졌고 머리 부분도 짜부라졌다. 삼각 비닐에 든 우유를 끝까지 힘껏 빨았을 때 비닐이 오그라드는 모습 같다고 할까. 그러나 개구리의 피부는 비닐 껍질의 반질반질한 탄력이라곤 찾아볼 수 없었고, 그저 꾸깃꾸깃해진 녹색 천 쪼가리 같았다.

얼마의 시간이 지났을까. 마침내 물 위에는 개구리의 피부 껍질만 둥둥 떠다녔다. 그제야 개구리 뒤에 숨어 있던 물장군의 모습이 보였다. 목적을 이룬 물장군은 유유히 물결을 가르며 사라졌다. 그와 동시에 나는 다시는 그 이전의 세계로 돌아가지 못할 것 같은 공포 어린 상실감을 느꼈고, 온몸에 소름이 돋아났다.

고양이가 마루 밑에서 쥐를 붙잡아 발로 굴리며 노는 것을 본 적이 있다. 고양이는 어디 마음대로 도망가 보란 듯이 못 본 척 방치하다가 쥐가 조금이라도 움직이면 순식간에 한 발로 제압해 버리곤 했다. 그러면 쥐는 말 그대로 바짝 얼어붙어 꼼짝 못했다. 뱀이 혀를 불꽃처럼 내밀며 새 둥지가 있는 나무로 기어올라가는 걸 본 적도 있다. 어미 새는 새끼를 지키고자 날카롭게 울어대면서 뱀을 부리로 쪼으려 달려들었다.

존재와 존재가 생사를 걸고 맞닥뜨리는 현장을 볼 때마다 내몸에는 강력한 전류가 흘렀다. 그때 내 몸에 전선을 연결했다면 꼬마전구쯤은 밝힐 수 있었을지도 모른다. 그만큼 머리칼이 곤두서고 흥분됐다. 심장은 걷잡을 수 없이 빠르게 뛰고 세상은 그대로 정지해 버렸다.

그러나 어떤 잔인한 먹이사슬끼리의 맞대면도 눈앞에서 처참하게 허물어진 개구리가 준 충격 만은 못했다. 나는 지금도 축늘어진 채 떠 있던 개구리의 피부를 잊지 못한다. '물속의 폭군'이라는 별명에 걸맞게 물장군은 물속에 숨어서 한 아이의 마음을 얼얼하게 만들고, 뇌리에 뜨거운 전쟁의 잔상을 남겼다.

물장군은 개구리뿐만 아니라 물고기도 잡아먹는데, 단단한 앞발로 먹이를 붙잡은 뒤 꽉 깨문다. 이때 효소가 분비되어 먹이를 마비시킨다. 개구리가 잠깐 졸린 듯이 보였던 건 그 때문이었을 것이다. 효소는 먹이의 모든 것을 액체로 만들어 버리는 작용도 한다. 피부를 뺀 모든 것을 빨아들일 수 있도록. 그리하여 한약 봉지를 비우듯 먹이를 통째로 쭉 들이켜는 것이다. 나중에야 어른들이 물장군을 가리켜 '개구리 귀신'이라고 한다는 걸 알았다. 개구리 귀신은 개구리뿐만 아니라 작은 물고기, 올챙이도 즉석에서 빨아먹은 뒤 껍질만 남겨 놓는다.

마음의 재채기가 연거푸 터져 나올 때가 있다. 꼭꼭 여며 뒀던 욕망이 마음의 점막을 자극할 때가. 나도 모르게 손가락을 움직여 항공권을 검색하거나, 거리에서 무심코 발견한 분양 사무실로 들어서는 순간, 나는 졸리듯 멍한 상태가 되어 눈과 손발이 뇌의 기능을 대신하는 걸 발견한다.

지금 살고 있는 집은 비가 오면 베란다 벽에 물이 새고, 벽지는 색이 바래 가고 있다. 단열을 소홀히 했는지 겨울엔 춥고 여름엔 찔 듯이 덥다. 욕실의 세면대는 이사 올 때부터 제 기능을 못한 채 방치돼 있다. 그 외에는 좋다. 만족스럽다. 집에서 앞산이 훤히 보이는 것도, 햇빛이 사방에서 들어와 밝은 것도, 독립적인 생활이 가능한 구조도 마음에 든다. 투덜대려면 부족한 점이 한도 끝도 없이 쏟아지고, 감사하려고 해도 마찬가지이다.

삶의 의미를 되새기게 만드는 순간들을 잠깐 벗어나면 욕망의 포로가 되기는 얼마나 쉬운 일인가. 길을 가다 우연히 모델하우스에 들어서면 분양업자들이 친절하게 맞아 준다. 깨끗한 주방과 새 타일로 윤이 난 욕실, 말끔한 이중창과 널찍한 베란다. 모델하우스에는 딱 필요한 만큼의 가구만 놓여 있을 뿐 생활의 흔적이라고는 없다. 자질구레한 일상의 자국이 제거되어 집은 인공미 가득한 상품이 돼 있다. 나는 반수면 상태에 가까운 몽롱한 정신으로 여기저기를 둘러본다.

아, 여기서 새 삶을 시작한다면 모든 것이 상쾌할 것 같다. 과연 그럴까. 새집을 채우기 위해 여러 가지를 장만하느라 한동안 분주하게 살아야 할 것이다. 단지 낡았다는 이유로 많은 쓰레기를 만들어 배출할 것이고, 대출금을 갚으면서 집값 관련 뉴스가 나오면 안테나를 예민하게 세우며 살아갈 것이다.

모델하우스를 벗어나 30분쯤 지나서야 나는 현실을 직시한다. 졸음기가 가시면서 정신이 또랑또랑해진다. 순간 나는 깨닫는다. 보이지 않는 물장군의 앞발에 꽉 붙들렸다가 간신히 놓여났음을.

침묵 속에 모든 것이 제 궤도를 따라 도는 것 같은 나날 속에도 붕괴의 조짐은 조금씩 드러난다. 삶이란 그런 것이다. 사랑 아니면 돈. 둘 가운데 하나로 구설수에 오르다가 잠적하는 인연이 하나 둘 생기는 걸 본다. 건강검진을 받은 뒤 조직 검사 결과를 초조하게 기다리는 이가 늘어 간다. 이 사랑이 나를 성장시키는 촉진제인지, 영혼의 살갗이 벗겨지도록 발버둥 치게 만드는 올가미인지 생각하는 날들이 흘러간다. 물장군은 곳곳에 있었다. 그것은 삶에 대한 냉엄한 상징이었다.

어쩌면 나는 어린 날의 저수지 근처를 한 치도 벗어나지 못한 것인지도 모른다.

나는 묻곤 한다.

나는 무엇에 꽉 붙들려 있는가.

나를 한 입 깨물고 서서히 즙을 빨아들이는 이것의 정체는 무엇인가.

그대의 물장군은 무엇인가.

하루쯤
마음 가는 대로
해 보기

하이데마리는 집을 비롯해 의료보험까지 일체의 소유를 버리는 삶을 실험해 보고 있는 독일인 여성이다. '사막의 날'은 하이데마리가 아무런 계획이나 준비 없이 순간순간에 충실해 보는 날에 붙인 이름인데, 한마디로 마음 가는 대로 해 보는 날을 뜻한다. 무작정 집을 나와 발길 닿는 대로 걷다가 기차역이 보이면 기차를, 버스가 보이면 버스에 올라서 내리고 싶은 곳에 내린다. 동물원에 가 보기도 하고, 수영장을 찾아 느긋하게 벤치에 누워 보기도 한다. 예쁜 화분을 하나 사서 누군가를 찾아가 깜짝 선물을 해도 된다. 남들의 시선과 자의식, 수줍음 같은 건 멀리 귀양 보내고 자신에게 최대한 자유를 주기. 사막의 날을 자신에게 주는 자유이용권처럼 선물하는 것도 살아가는 재미 중 하나일 것이다. 하이데마리는 말한다.

사막의 날을 통해 소중한 만남을 가질 수 있었고, 내게 꼭 필요한 중요한 메시지를 받은 적도 있었다. 또 요긴한 관찰을 하게 되는 행운도 따랐다. 매일 똑같이 흘러가는 따분한 일상에서 탈출할 수 있는 내 나름의 기회였던 셈이다.

사실 누구나 숨통이 막힐 것 같은 날에는 자신도 모르게 사막의 날을 본능적으로 꿈꾼다. 다만 하이데마리처럼 그 시간에 '사막의 날'이라는 멋진 이름을 붙이지 않았을 뿐. 사막의 날은 마음껏 방랑할 권리의 다른 말이기도 하다.

사막에서는 끊임없이 걷거나 모래 위에 주저앉아 쉬는 수밖에 없다. 인간이 생활하기에는 가혹한 조건이건만 사막은 늘 사람을 불러 모으는 불가사의한 힘을 지녔다. 종교의 창시자들은 사막에서 일정한 날을 보낸 뒤에야 중요한 메시지를 인류에게 전했다. 성인들뿐만 아니라 역사상 위대한 정신적 지도자들도 인생의 많은 시간을 뒤로 물러서서, 다른 사람들과는 따로 떨어진 채 사막처럼 적막한 환경에서 혼자 보내는 시기를 거쳤다. 자신 안의 빛을 되찾아 생동감 넘치는 인생을 살고 싶은 여행자들도 사막으로 향했다. 사막은 불모의 땅이면서도 재생과 창조의 비의로 가득한 곳이다.

사막의 날에 내가 하고 싶은 일들

- 휴대전화를 끄고 늦잠 자기
- 만화를 실컷 보기, 드라마 몰아서 보기
- 아무 생각 없이 낯선 동네의 골목길을 배회하기
- 공원에서 개미들의 움직임 관찰하기
- 고개를 들어 나뭇잎 사이로 비치는 조각하늘 바라보기
- 짧은 순간이라도 모든 걱정, 염려를 내려놓기
- 최근에 들은 가장 웃긴 이야기를 떠올리고 마음껏 웃어 보기
- 가까운 병원을 찾아 대기실에 앉아 있어 보기
- 시 한 편 외우기
- 최근에 세상을 떠난 이를 떠올리고 그가 살아 있다면
  오늘 무엇을 하고 싶을까 생각해 보기
- 숲에서 나무 껴안아 보기

그밖에 많은 일을 할 수 있다. 일상적으로 해 오던 일들을 규칙에 얽매이지 않고 자유롭게 누려 볼 수도 있겠다. 씻고 싶을 때 씻고, 배고플 때 먹고, 잘 차려먹고 싶으면 잘 차려먹고, 대충 먹고 싶으면 대충 먹고……. 중요한 것은 천천히, 동작 하나하나를 충분히 느끼고 의식하면서 해 보는 것이다.

"사막의 날? 그런 날이 주어진다면 정말 아무것도 안 하고 싶

어. 진짜 아무것도."

내 친구의 말이다. 나도 이 의견에 한 표를 던지고 싶다. 지구 종말의 날이 온다면 뭘 하겠느냐는 질문에는 무수한 행동과 다짐, 함께 하고 싶은 이들이 등장한다. 그러나 사막의 날에 우리가 원하는 것은 일상을 고요하게 누리거나, 의무에 치여 왔던 자신을 가만히 놓아 주는 일이다.

내가 아는 동생 하나는 평소 남편과 살벌한 장난(?)을 자주 벌인다. 사막의 날에 그녀가 해 보고 싶은 것이 있단다.

"남편이 퇴근해 올 때쯤 한복을 차려입고 앞치마를 두르는 거야. 그리고 거실에 다소곳이 앉아 기다려. 여기서 중요한 포인트는 한복 저고리를 안 입는 거지. 어우동 차림새에 앞치마를 두르고 앉아 한 마디 하는 거야. '서방님, 오셨습니까?'"

부디 동생 남편의 심장이 튼튼했으면 좋겠다. 그래야 사막의 날을 함께 즐길 테니.

좋기만 한 일도,
나쁘기만 한 일도 없다

굴뚝새와 곤줄박이가 오랜만에 한 나뭇가지 위에서 만났다.

"요즘 어때?" 굴뚝새가 물었다.

"그저 그래. 아직 겨울까지 먹을 식량을 다 모으지 못했어.

넌 어때?"

곤줄박이가 질문을 되받아 넘겼다.

"좋아!" 굴뚝새가 답했다.

"그래?" 이런 명쾌한 대답은 처음 듣는다는 듯 곤줄박이가 놀라서

물었다.

"나쁘지 않으니까 좋은 거야.

좋은 일이 생겨야만 좋다, 행복하다고 한다면 욕심일 거야."

굴뚝새가 말했다.

"그런데 '나쁘다'의 기준이 뭐지?

어떤 일이 생겨야 진정 나쁘다고 할 수 있지?"

곤줄박이가 물었다.

굴뚝새는 잠시 생각에 잠겼다.

나쁘다, 좋다, 행복하다, 불행하다의 기준을 정해 줄 수 있는 존재는
아무도 없다.

그 기준은 오로지 자신만이 결정할 수 있다.

행복의 기준은 최대한 낮춰 잡고, 나쁜 일의 기준은 최대한 높여
잡을 것.

행복의 그물코는 작은 기쁨이라도 놓치지 않도록 최대한 촘촘하게
만들고,

불행의 그물코는 웬만한 것쯤은 다 빠져나가도록 크고 넓게 만들 것.

굴뚝새가 아는 진실은 오직 그것 하나뿐이었다.

굴뚝새는 자신의 생각을 들려줬다.

"오늘 대화는 즐거웠어. 또 만나."

곤줄박이는 쓰쓰 삥, 쓰쓰 삥 지저귀며 날개를 펄럭여 날아갔다.

"그래. 행운을 빌게."

굴뚝새도 인사했다.

그리고 둥지를 짓기 위해 나뭇가지를 모으러 떠났다.

여러 해 전에 써뒀던 행복에 관한 우화이다.

이 글을 쓰고 나서 꽃가루처럼 많은 시간이 지나갔다.

마음이 기적처럼 맑아진 어느 순간 깨우침을 얻었다 해도 언제까

지나 그 여운이 남아 있기는 어렵다.

자신이 말하고 쓴 것이라고 해도 끊임없이 기억하고

새롭게 뜻을 가다듬어야 하는 까닭이 여기에 있다.

시련과 상실, 산다는 것의 허망함에 휩싸이는 시간이 닥쳐왔을 때

다시 이 우화가 떠올랐다.

나를 비롯해 인간에겐 행복을 미루는 끈질긴 습관이 있음을 인정

해야 했다.

더불어 어떤 상황의 좋고, 나쁜 점을 판단하기가 점점 힘들어졌다.

세상에 그나마 가치 있고 의미 있는 존재들이 점점 사라져 가는 일

은 어떤가.

그 덕분에 많은 대가를 치른다 해도 뭔가를 배울 수 있다면?

그토록 애끓던 사랑이 끝나는 일은 어떤가.

덕분에 영원한 것은 아무것도 없음을 알게 된다면?

아침에 눈 뜨자마자 자신이 너무 작고 보잘 것 없는 것 같아 눈물

이 나는 건 어떤가.

덕분에 세상에서 스스로에게 상처를 줄 수 있는 사람은 오직 자신

뿐임을,

자신을 사랑하는 일이 히말라야를 넘는 일만큼이나 힘든 일임을

깨닫는다면?

"어떤 일도 좋기만 한 일이 없고,
어떤 일도 나쁘기만 한 일은 없다."
이 평범한 문장이 긴 시간 동안 검증을 끝내고
내 것이 되자 문득 자유를 느꼈다.
그리고 오래 전 썼던 행복에 관한 우화에 다시 귀를 기울였다.

"행복의 기준은 최대한 낮춰 잡고,
나쁜 일의 기준은 최대한 높여 잡을 것.
행복의 그물코는 작은 기쁨이라도 놓치지 않도록
최대한 촘촘하게 만들고,
불행의 그물코는 웬만한 것쯤은 다 빠져나가도록
크고 넓게 만들 것."

2장

학교에서는
가르쳐 주지 않는 행복의 기술

더 노력하라는 말에
담긴 함정

어렸을 때 어른들은 신문이나 라디오에서 인간 승리담을 접하면 꼭 내게 재방송을 해 주곤 했다. 인간 승리담의 내용은 대개 비슷했다. 낮에는 일하고 밤에는 야간학교에 다니며 공부하던 아이가 명문대에 입학하고 고시에 합격했다더라, 목욕탕 탈의실에서 숙식을 해결하며 청소와 허드렛일을 도맡아 하던 여자아이가 명문대에 입학했다더라. 비결은 주경야독, 그리고 지독한 분발심이었다.

1996년 『공부가 가장 쉬웠어요』를 펴낸 장승수 씨는 그런 인간 승리담의 정점을 찍은 인물이었다. 그는 열한 살 때 아버지를 여의었고, 어려운 가정 형편 때문에 대학은 일찌감치 포기한 채 고교 시절 내내 방황했다고 한다. 그러다가 고등학교 졸업 후에는 어머니를 도와 생계를 꾸리고 동생을 공부시키기 위해 쉼 없이 일해야 했다. 택시 운전, 가스·물수건 배달원, 포크레인 조수,

오락실 홀맨, 공사장 막노동꾼······ 장승수 씨가 거친 직업들이다. 그러면서도 손에서 책을 놓지 않아 마침내 서울대 인문계열에 수석 입학하는 영예를 안았다. 그의 사연 많은 삶과 명문대입학 성공기는 세간의 뜨거운 관심을 받았다.

"스물다섯 살까지 해 본 일 중에 공부가 가장 재밌었다"는 그의 고백은 사실 생존을 위한 노동을 벗어나 꿈을 향해 내달릴 때 훨씬 행복했다는 말이었을 게다. 그러나 '공부가 가장 쉬웠다'는 선언은 IMF가 닥치기 전 소비주의가 마지막 불꽃을 피우던 시대 상황에서 자극이 필요했던 사람들의 심리를 절묘하게 파고들었다.

이런 유형의 성공담은 '엄친아'라는 말이 등장하기 전, 대한민국 학부모들이 자녀들을 들볶는 데 유용하게 쓰였다. 아마도 내 또래 가운데는 학창 시절 장승수 씨 때문에 잔소리깨나 들은 사람이 많지 않을까 싶다.

대학에 갈 형편이 되지 못했던 나는 특히 이런 이야기를 새겨들어야 할 주인공이었다. 어른들이 성공 사례를 들려주는 것까지는 선의로 봐 줄 수 있었다. 그러나 마지막에 반드시 붙이는 이야기에는 넌더리가 나곤 했다.

"그들에 비하면 넌 지금 호강에 끈 달고 있는 거야. 네가 밥을 굶냐? 공부할 책이 없냐?"

어른들은 개개인의 처지와 고달픔을 다 이해해 주다가는 세상이 온통 지질한 하소연으로 가득할까 봐 걱정스럽다는 듯 오로지 '더 노력하라'고만 했다. 이야기의 결론은 간단했다. 내 처지가 더 나은데 그들보다 대단한 사람이 못 되면 말이 안 된다는 것이었다.

입지전적 인물들은 지금도 종종 등장해 평범하게 살고 있는 사람들의 가슴을 헤집어 놓곤 한다. 그들이 주장하는 요점은 당신도 할 수 있으니 포기하지 말고 열심히 한번 살아 보라는 것이었다. 원론적인 부분에선 맞는 말이다. 누구에게나 가능성은 있다. 그러나 개인적인 성공담이 간과하기 쉬운 부분도 있다. 성패의 열쇠가 오로지 개인의 의지와 근면에 달려 있는 것처럼 말하는 것은 때때로 사회 구조의 모순을 가리는 알리바이로 쓰이기도 한다는 것이다.

분발, 또는 열심히 살아야 한다는 명제는 내게만 주입되던 이데올로기는 아니었다. 우리 모두는 정말 열심히 살려고 노력했다. 시골에서 어쩌다 서울대 입학생이 나오면 동네 입구에 현수막이 붙었고, 그 집 부모는 험한 농사일을 하다가도 이웃 몰래 슬며시 웃음을 깨물곤 했다. 사법고시 합격생이 나와도 그랬다. 돈을 많이 벌어 고향집을 멋지게 리모델링해 주면 그 집 부모는 온 동네의 부러움을 샀다. 사회 전체가 분발과 성공의 마술에 걸려 있었다. 언론은 시시때때로 밑바닥부터 시작해 사회적 성공을 이룬 이들의 신화를 발굴해 유포했다. 대중들은 이런 이야기에 감동하며 자신을 채찍질하거나 자식을 몰아세우거나 둘 중 하나에 써먹었다. 그나마 개천에서 용이 심심치 않게 나던 시절의 얘기였지만 말이다.

사람들은 성공 신화를 접할 때마다 소수의 특별한 사람들이나 이루는 행운이라고 생각하면서도 찜찜한 기분을 떨칠 수 없었다. 왜냐면 그들의 시작점은 항상 나보다 더 열악하거나 최악이었기 때문이다. 그러는 가운데 성공 신화는 집단 최면이 되어 개인의 내면을 장악하기에 이르렀다. 늘 긴장해야 했고, 자칫 방심하면 성공 신화의 주인공이 되고 싶은 사람들에게 떠밀리고 말 것 같은 불안감에 시달렸다.

말할 것도 없이 피로한 삶이었다. 바늘구멍만 한 가능성을 향해 온 힘을 짜내 늘 긴장한 채 살아간다는 것. 이런 경우를 일컬어 '자기 착취'라 할 수 있을 것이다. 독일에서 활동하고 있는 철학자 한병철 교수는 그의 책 『피로사회』에서 자기 착취라는 용어를 인상 깊게 제시하면서 한국어판 서문에 다음과 같이 썼다.

이 책의 주제는 성과 사회의 주체가 스스로를 착취하고 있으며 가해자인 동시에 피해자라는 것이다. 자기 착취는 신자유주의적 자본주의의 기본 원리로서 타자 착취보다 훨씬 더 효과적이고 더 많은 성과를 올린다. 그러한 착취는 자유롭다는 느낌 속에서 이뤄지기 때문이다. 그래서 사람들은 완전히 망가질 때까지 자기 자신을 자발적으로 착취한다.

기존의 사회과학은 착취자와 피착취자, 유산계급과 노동자를 명확히 구분해 제시했다. 그래서 아군과 적군의 존재도 뚜렷했다. 유산계급은 자신들의 이익을 위해 타인의 노동력을 착취해 이윤을 쌓는 사람들이었고, 노동자는 피해자였다.

그러나 조르주 바타유나 장 보드리야르 같은 프랑스 현대 철학자의 등장으로 그 경계가 무너지기 시작했다. 마르크스주의가 생산력과 생산수단 사이의 모순에 주목했다면 이들은 소비에 초점을 맞췄다. 노동의 대가로 돈을 벌어 소비력을 가지게 된 사람들은 소비를 함으로써 자유를 누린다는 착각을 맛보고 자본주의에 길들여진다. 그러나 일단 끊임없는 소비의 욕망에 중독되고 나면 기다리고 있는 것은 자기 소외의 굴레다. 화폐는 한정되어 있고, 욕망하는 상품은 끝이 없기 때문이다.

한병철 교수는 전 세대 철학자들의 성과에 덧붙여 자기 착취와 피로사회라는 용어를 써서 우울증이 만연하는 현대 사회를 진단한다. 이제는 내가 나의 착취자이다. 나를 강제하는 이가 없어도 나는 알아서 더 분발해야 하고, 할 수 있는 것을 안 해서는 안 된다. 외부에서 오는 강제에는 저항이라도 할 수 있지만, 자발적인 복종은 의식조차 못 하기에 거부할 수 없다. 그러기에 더 무섭다. 더 나아가 '가능성'은 윤리적인 임무까지 띠게 된다. 가능성이 있는데도 열심히 살지 않고 노력하지 않는 것은 자신에 대한 예의가 아니라는 것이다. 나아가 인간에 대한 예의도 아니라고 한다.

이렇게 견고해진 자기 착취의 신화는 우울증이나 공황장애, 신경증과 세트로 현대인들을 옭아매고 있다. 분발과 이완이 주는 갈등을 언제까지나 버틸 수 있을 만큼 강한 사람은 그리 많지 않다. 이 때문에 치러야 하는 사회적 비용도 해마다 늘어 가고 있다. 한 통계에 따르면 서구 사회에서는 다섯 명 가운데 한 명 꼴로 우울증을 비롯해 각종 신경증에 시달리고 있다고 한다. 우리 사회도 이대로 가다가는 우울증이 국민병이 될 시대가 머지않았다.

이제는 자기 착취의 신화에게 우리가 질문을 던져야 할 차례이다.

"나의 분발은 이런 대가를 치르면서 추구할 만큼 과연 가치 있는 것인가?"

자기 착취의 예를 찾으러 멀리 갈 것 없다. 일을 잘 해내고 싶은 나머지 실제로 허리가 작신 부러진 위인을 한 명 알고 있기 때문이다. 부끄럽게도 그 주인공은 바로 나다. 지난해 여름, 세계적으로 사랑받는 고전인 생텍쥐페리의 『어린왕자』에 내 글을 덧붙이는 작업을 할 때였다.

『어린왕자』는 워낙 많은 이들에게 사랑받는 책이고, 어려서

부터 좋아하던 작가의 책이다 보니 어느 작업보다 중압감이 컸다. 게다가 작업 일정도 빠듯했다. 최소한 원작에 누를 끼치지는 말아야겠다는 부담감, 출판사 일정에 차질을 주지 말아야겠다는 생각이 고스란히 몸에 스트레스로 작용했던 모양이었다. 원고를 넘기고 의자에서 일어서자마자 '악!' 소리를 내며 주저앉고 말았다. 앉아서 일하는 이들의 고질병인 허리 디스크가 악화된 것이다. 빡빡한 일정에 쫓겨 지나치게 분발한 탓에 기어이 몸을 상하고 말았다. 분발에 중독되고, 자기 착취에 열을 올린 결과 수개월에 걸친 치료와 재활의 고통 그리고 적지 않은 의료 비용을 고스란히 치러야 했다.

이제는 나도 안다. 어떤 일을 앞두고 지나치게 긴장하고, 분발하지 않는 자신을 못 견디다가는 스스로 무너지고 만다는 것을. 너무 잘하고 싶은 나머지 가장 본질적인 것을 놓치는 것은 그물로 강물에 뜬 달을 건져내려는 것이나 마찬가지 일임을. 적당한 향상심은 개인이나 사회가 더 나은 방향으로 가는 데 도움이 되지만, 만성적인 분발심은 종종 엉뚱한 목적지로 우리를 데려간다.

그런 점에서 『슬로 라이프』라는 책에 소개된 '분발하지 않기 운동'은 신선하고 통쾌한 시도였다. 그 운동을 이끈 사람은 일본 이와테 현의 지사를 지낸 마스다 히로야 씨이다. 우리나라 새마을 운동과 반대 지점에 있는 운동이랄까. 다른 지역과 비교해서 우리 지역에 없는 것을 애석해할 게 아니라, 있는 것을 재발견해 그에 맞는 개성과 속도에 맞춰 나가자는 것이 바로 이 운동의 핵심이다.

2001년 초 마스다 히로야 지사는 신문에 '분발하지 않기 선언'을 광고로 냈다. 21세기로 접어든 지 얼마 되지 않은 겨울 아침, 전국의 일본인이 신문을 펼쳐 든다. 거기에 '우리 제발 좀 분발하지 맙시다', '느리게 좀 살아 보자고요'라는 광고가 실려 있다. 사람들의 반응은 어땠을까.

"이 사람 미쳤군. 튀려고 작정했어. 분발했기에 우리가 여기까지 올 수 있었잖아."

"맞는 말이지 뭐. 우린 맹목적으로 달려가고 있어."

아마 다양한 반응이 나왔을 것이다. 내가 그 신문을 봤다면 깔끔하게 오려서 액자에 넣었을 텐데. 나는 일간지에 광고할 만한 처지가 못 되므로 '분발하지 않기 운동 서울 지부'를 우리 집에 개설하는 것으로 만족하기로 했다.

집안이 늘 깔끔해야 한다는 압박에서 벗어나기, 읽어야 할 책이 쌓여도 느긋하기, 내가 가진 것에 감사하기, 아무리 완벽해지고 싶어도 한낱 약점 많은 인간에 불과함을 잊지 않기, 타인의 호의를 얻기 위해 지나치게 노력하지 않기…….

그렇다. 다른 사람의 호감을 사기 위해 애쓰는 것도 일종의 관계를 향한 욕망이다. 욕망은 사람을 지치게 만든다.

우리는 유난히 '파이팅'이란 구호를 자주 쓴다. 격려의 말로 쓰기도 하지만, 분연히 떨치고 일어나 앞으로 내달려야 할 것 같은 격렬한 분위기가 따라붙는다. 일본어에는 '간바레' 중국어에는 '짜요우'가 있다. 일상 회화에 자주 쓰이는 걸로 봐서는 그들의 사정도 별반 다르지 않은 것 같다. 그중에서도 압권은 역시 우리나라가 아닐까 싶다. 우리의 '빨리빨리'와 담긴 분발의 정신은 자신만의 보폭으로 천천히 살고 싶은 사람들을 코너로 몰아간다. 분발의 이데올로기는 느린 것을 도태와 같은 의미로 취급한다. 그리고 소중히 가꿔 가야 할 가치를 비효율적인 걸림돌쯤으로 여긴다. 건강과 분발을 기꺼이 바꿨던 나도 그 이데올로기에서 자유롭지 못했던 셈이다.

앞에서 말한 책 『슬로 라이프』에는 뇌성마비 장애를 가진 후쿠다 미노루라는 시인의 이야기가 나온다. 이 시인은 평소에 사람들에게서 '힘내세요', '해낼 수 있어요' 라는 말을 자주 들었던 모양이다. 그는 장애가 있다고 해서 왜 꼭 힘을 내고 분발해야 하는지 모르겠다면서 말한다.

"나는 게으름뱅이로 머물고 싶어요. 내가 좋아하는 방식대로 살고 싶으니 그냥 나를 내버려 두세요. 단, 게으름을 피운다고 해도 그것은 스스로에게 그러는 것이 아니라 사회에 대해서 그러는 것입니다."

이 시인처럼 나도 분발이라는 말에서 자유로웠으면 좋겠다.

분발, 극복이라는 말에는 현재의 나를 부정하는 의미가 들어 있다. 그보다는 좋은 면을 발견해서 키워 간다는 자세가 훨씬 덜 부담스럽다. 현재의 나를 부정하지 않고도 얼마든지 잘 살 수 있는 것을. 현실적인 문제로 힘들어하는 사람에게는 "파이팅!", "힘내!"라는 구호보다는 "잠깐 쉬어", "밥 먹고 해"라는 말이 훨씬 더 피부에 와 닿는 조언이 아닐까.

나는 오래 전에 베껴 놓은 후쿠다 미노루의 '분발하지 않는다는 건'이란 시를 즐겨 읽곤 한다. 이미 인터넷에 널리 퍼져 있는 시이긴 하지만 '분발하지 않기 운동'에 분발(이런 분발은 괜찮지 않을까?)하기로 다짐하는 데 그만인 글이기 때문이다.

분발하지 않는다는 건, 즐겁다.

분발하지 않는다는 건, 유쾌하다.

분발하지 않는다는 건, 자신의 시간을 재는 일.

분발하지 않는다는 건, 행복하다.

분발하지 않는다는 건, 몸에 좋다.

분발하지 않는다는 건, 마음에도 좋다.

분발하지 않는다는 건, 건강하다.

분발하지 않는다는 건, 다투지 않는다.

분발하지 않는다는 건, 자연에게 다정해진다.

분발하지 않는다는 건, 남에게 상처 주지 않는다.

분발하지 않는다는 건, 진정한 평화.

분발하지 않는다는 건, 지구를 계속 사랑하는 일.

분발하지 않는다는 건, 우주.

분발하지 않는다는 건, 나다.

돈 없어서 기죽는 나를
미워하지 않으려면

유명한 SF 영화 '스타트렉'에서 우주선 엔터프라이즈 호의 선장 장 룩 피카드는 이렇게 말한다.

"24세기에는 돈이 존재하지 않는다. 부의 축적은 더 이상 우리의 목적이 아니다. 우리는 자신과 타인을 더 잘 살도록 하기 위해 일한다."

이 말을 듣는 순간 깊은 탄식이 나왔다.

'그런 세상이 24세기에나 온다고? 21세기부터 23세기까지 살아야 하는 인류는 어떡하라고? 너무 일찍 태어난 게 죄야?'

어느 책에선가 인류가 돈 때문에 불행하게 된 것은 장기간 보관이 가능한 화폐를 이용해서라는 주장을 본 적이 있다. 만약 음식이 교환 수단이었다면 사람들이 지금만큼 돈을 모으기 위해 집착하지는 않았을 거라고 한다. 신선한 음식이 돈의 역할을 대신했다면 상하기 전에 얼른 먹어야 할 것이다. 그러고도 남는 것이 있으면 이웃과 기꺼이 나눴을 것이다. 상해 가는 음식을 금고에 숨겨 둘 사람은 없을 테니까.

음식이 화폐인 사회라면 시골의 엄마는 엄청난 부자다. 엄마는 늘 말했다.

"우리 집엔 돈 빼고는 없는 게 없다."

그 말을 들을 때마다 가슴 한쪽이 시큰시큰 저려 온다. 정말 돈만 빼면 엄마는 모든 걸 다 가졌다. 손수 농사지은 쌀과 각종 잡곡들, 간장, 된장, 고추장, 밭에서 금방 뜯어 와 먹을 수 있는 쌈 채소들, 감나무, 앵두나무, 매화나무, 작약과 백일홍……. 그러나 단 한 가지, 돈이 풍족하지 않기에 엄마는 아주 가끔 기가 죽는다.

미국의 정치가이자 작가인 브루스 바튼은 "우리는 가난하지 않다. 다만 돈이 없을 뿐이다"라고 우리를 위로한다. 그러나 우리는 상품보다는 화폐를 가진 이가 유리한 입장에 서는 자본주의 체제를 살고 있다. 아무리 유기농 고추로 만든 고추장을 30킬로그램 갖고 있다고 한들 화폐를 3킬로그램 소유하는 것과 비교할 수 있겠는가.

무엇이든 살 수 있는 자유, 무엇이든 할 수 있는 가능성을 준다는 점에서 화폐는 가장 강력한 신흥 종교의 교주이다. 그런 세상에 살면서 일흔을 넘긴 엄마에게 돈이 존재하지 않게 된다는 24세기를 들먹이는 건 가혹한 일이다. 아니, 돈 때문에 시달리는 우리 모두에게 잔인한 얘기이다.

얼마 전 지인을 만나 서로의 근황을 나누다가 내가 쓰고 있는 책 얘기에 이르렀다. 나는 혹시 평소에 '누리고 싶은 권리'가 있는지 물었다. 그러자 내 말이 바닥에 떨어지기도 전에 지인이 말했다.

"가난해도 기죽지 않을 권리가 있었으면 좋겠네. 그걸 써줘."

시골 엄마의 말을 들었을 때처럼 가슴이 저릿저릿해졌다. 그렇다고 해서 지인이 돈만이 행복의 전부라고 믿는 물질만능주의자이거나 사소한 일에도 기가 죽는 타입이거나 일에 게으른 사람은 아니다. 다만 건강에 발목이 잡혀 요 몇 년 활발하게 일을 못했을 뿐이다. 그러나 몸이 가장 큰 자본인 서민에게는 치명적인 일격이었다.

"가난하면 기가 죽어요?" 물으나 마나한 나의 질문.

"그럼 기가 죽지." 지인의 대답.

"그래요. 꼭 쓸게요." 별 도움 안 되는 내 다짐.

그래서 지금 이 글을 쓰고 있다. 처음에는 '가난해도 기죽지 않을 권리'라고 제목을 붙여 봤다. 그러나 가난하면 기가 죽는 건 사실이다. 가난한 사람에게 기죽지 말라고 얘기하는 것은 허울 좋은 위로일 뿐이다. 차라리 솔직하게 가난하면 기죽는다고 인정하는 편이 속 시원하지 않을까 싶었다. 다만 개인의 살림살이는 사회·경제적인 상황과 무관하지 않기에 가난의 책임을 오롯이 개인에게 떠넘길 수는 없다는 걸 기억할 필요가 있다. 빈곤과 결핍도 모자라 윤리적 책임까지 뒤집어쓴 나머지 자기혐오에 이르는 경우가 얼마나 많은지. 그건 공정하지 않을뿐더러 스스로 자본주의가 부추기는 부와 소유의 가치에 동의한다는 자기 고백이 될 수도 있다. 최종적으로 붙인 이 글의 제목처럼 '돈 없어서 기죽는 나를 미워하지 않으려면' 먼저 가난과 결핍, 빈곤, 부와 소유에 대해 나만의 관점을 세워야 한다.

자신의 집과 가구, 직장을 버리고 의료보험도 해약하며 빈털터리가 됐는데도 당당하게 살고 있는 한 여인을 알고 있다. 기가 죽기는커녕 이 여인은 소유한 게 적을수록 더 풍부하게 존재할 수 있다며 행복해 한다. 이 여인의 이름은 하이데마리 슈베르머, 독일의 인생 탐험가이다. 하이데마리는 어린 시절 선물 받은 동화책을 읽으며 의문을 품었다. 바깥세상은 서로를 향해 총부리를 겨누고 남의 것을 빼앗는 곳이었으나 동화 속 세상은 딴판이었다. 늘 악이 패배하고 사랑이 승리를 거뒀다.
'왜 세상은 동화 속과는 다를까? 누구나 이 세상을 동화처럼 더 아름답고 살 만한 곳으로 만들 수 있지 않을까?'
소녀는 어른이 된 뒤에도 어린 시절의 의문과 꿈을 잊지 않았다. 그래서 사람들이 서로를 신뢰하고 친밀한 관계를 맺는 세상, 서로 아무 대가 없이 도울 수 있는 공동체를 직접 만들어 보려

했다. 1994년 그녀는 '주고받기 센터'를 만든다. 돈에 의지하지 않고 각자가 지닌 재능으로 서로의 부족한 부분을 메워 주는 작은 울타리를 만들고 싶어서였다.

몇 년이 지나 우여곡절 끝에 센터가 자리를 잡아 갈 무렵, 하이데마리는 다시 갈증이 일었다. 품앗이 운동 정도로는 세상을 바꿀 수 없다는 생각이 들어서였다.

'만약 나의 이상을 100퍼센트 실천에 옮겨 완전히 돈을 포기하면 어떻게 될까? 그런 선례를 남긴다면 적어도 몇 사람에게 용기를 불어넣을 수 있지 않을까?'

하이데마리는 오랜 시간 꿈꿔 오던 이상을 생각하자 가슴이 세차게 뛰는 걸 느꼈다. 때때로 운명은 빈틈없이 돌아간다. 그 무렵 친구 하나가 여행을 떠나며 그녀에게 집을 봐 달라고 부탁한 것이다. 그때 그녀의 머리를 스쳐간 생각!

'집을 없애고 여행 중인 사람들의 집을 돌아다니면서 사는 건 어떨까? 그럼 집세를 낼 필요도 없고 또 그 공간을 의미 있게 이용할 수도 있을 거야.'

1996년 그녀는 가구와 옷, 책, 살림살이를 모두 주변에 나눠 줬다. 하이데마리가 빈 집을 봐 준다는 소문이 퍼진 덕분에 잘 곳을 염려할 필요는 없었다. 집을 봐 주는 대가로 사람들은 냉장고에 음식을 꽉꽉 채워 놓고 떠났다. 그녀는 우편물을 챙기고 화분이나 개를 돌봐 주며 새로운 환경을 느긋하게 누렸다. 집을

봐 주는 인연을 계기로 숱한 사람들과 진심어린 우정을 나눈 것
도 보람 있는 일이었다.

그녀는 자신의 집을 가지고 있을 때보다 충만했고, 자유로웠
으며, 인간관계의 깊이와 폭도 비약적으로 늘어났다. 그녀는 다
른 사람이 예쁘게 꾸민 집과 화단을 자기 것처럼 흡족하게 누리
며 생각했다.

'아무리 좋은 집이 있으면 뭐하겠는가? 정작 힘들게 마련한
좋은 집에서 쉬며 즐길 시간이 없는데.'

하이데마리는 한 걸음 더 나아가 의료보험을 해지하기로 결
심했다. 독일처럼 사회보장이 잘 돼 있는 국가에서 의료보험을
해지한다는 건 큰 위험을 감수해야 하는 일이었다. 하지만 그녀
는 언제라도 의사를 찾아갈 수 있기에 거꾸로 약물에 쉽게 의존
하게 되고, 면역력이 떨어진다고 생각했다. 결국 완전한 무소유
로 가는 마지막 걸림돌이었던 의료보험마저 해지했다.

하이데마리는 종교에 귀의한 사람이 아니다. 만약 그랬다면
공동체가 주는 최소한의 보호라도 보장받을 터였다. 한낱 평범
한 사람으로서 돈에 의지하지 않는 삶을 실험해 본 것이었다. 그
리고 그 경험을 『소유와의 이별』이란 책으로 펴내 많은 사람들
에게 깊은 인상을 남겼다.

무소유의 미덕을 칭송하기는 쉬워도 누구나 그렇게 살 수 있
는 건 아니다. 또 그렇게 살기를 원하지도 않는다. 먼저 수많은

걱정이 우리를 차례차례 물어뜯는다. 그러다 덜컥 큰 병에라도 걸리면? 계속 집을 바꿔 가며 사는 것도 좋지만 내 공간이 주는 아늑함이 그리워지면? 하이데마리는 이 모든 염려를 뒤로 하고 기존의 가치관에 과감하게 도전했다. 그러고도 불행해지지 않았다. 아니, 자신 몫의 소유물이 확실히 있었을 때보다 더 행복했다.

"과연 이렇게 사는 것이 최선인가?"

사람들이 한 번쯤 이런 질문을 하게 된다면, 그것으로 자신의 인생은 의미가 있는 것이라고 말한다. 그러면서도 특별한 사람, 유명 인사는 되고 싶지 않다고 선을 긋는다. 그녀가 원하는 건 사람들이 더불어 살 수 있는 길을 찾는 것이었다. 누군가 용기를 내어 소유에 애면글면하지 않고 좀 더 의미 있는 인생에 대해 생각하게 되는 것이야말로 충분히 가치 있는 일이라고 생각했다.

아무리 소유에 대한 갈망을 줄인다 해도 어쩔 수 없이 우리는 다달이 각종 공과금이며, 월세, 식비, 학비, 교통비, 보험금, 통신비 등을 감당하며 살아야 한다. 돈이 없으면 이 가운데 몇 가지를 포기해야 하고, 그러자면 당연히 삶의 질이 떨어지고 기가 죽는다.

나도 예외는 아니다. 작가란 불규칙한 인세 수입에 의지해 살아야 하는 만년 비정규직이다. 평소 무사태평이긴 하지만, 가끔 막연한 불안을 감지할 때도 있다. 그럴 때면 '가난이란 무엇인가,

무엇이 진정한 부유함인가' 스스로에게 묻곤 한다.

나는 마치 외국에 나온 유학생처럼 사는 일에 익숙해져 있다. 조금 걷더라도 저렴하게 파는 가게에 가서 제철 채소와 과일을 사 온다. 다행히 이 나라는 아메리카 대륙처럼 광활한 곳이 아니다. 대도시는 대중교통이 잘 돼 있어 딱히 자가용이 없어도 사는 데 큰 불편은 없다. 나처럼 '가내수공업'을 하는 사람은 차고에 차를 모셔 두는 날이 많을 게 뻔한 일이어서 차를 소유하는 것에 큰 의미를 두지 않아도 된다. 신기하게도 물가 비싼 나라에 유학 온 학생처럼 살면서도 신산스럽다거나 궁상맞다는 생각은 하지 않는다.

유학생이 그 생활을 견딜 수 있는 것은 자신이 가치를 부여한 과업에 흠뻑 빠져 있거나, 그 생활이 영원하지 않으리라는 것을 알기 때문이다. 어떤 학위나 자격증을 준비하고 있는 것이 아니기에 나로선 그런 현실적인 기대는 할 수 없다. 빈센트 반 고흐는 좋은 것만 찾는 버릇이 생길까 봐 아무것도 바르지 않은 맨 빵만 먹었다고 한다. 그게 실생활에서 어떤 의미를 지니는 것인지 나는 그 깊은 속내까지 이해할 수 있다. 아무려나 내 처지가 '고통의 사제'라고 불릴 만큼 일생을 굶주림과 외로운 열정에 시달렸던 고흐에 비할 바는 아니다. 그나마 고흐와 닮은 점이 있긴 하다. 절제력을 발휘하는 생활이 반드시 미래에 보상이 있으리라 확신하지 못한다는 것. 다만 내가 선택한 삶이 요구하는 단순하고 소박한 생활을 받아들이고 거기에 익숙해질 뿐이다. 뭔가에 열정을 바친다고 해서 인생이 반드시 내가 원하는 방식으로 대가를 돌려주지는 않는다. 매순간 그 사실을 기억하려고 노력한다.

그렇다고 해서 소비사회가 불러일으키는 다양한 욕망에서 자유롭다고 말할 수는 없다. 세상과 뚝 떨어진 수도원에 있지 않는 한, 오늘날 누가 이 미친 자본의 소용돌이에서 완벽하게 자유로울 수 있을까. 백화점에서 세일을 하면 몇 년째 벼르고 있는 따뜻한 겨울 외투 생각이 나고, 좋은 원두로 내린 드립커피를 마시면 행복해진다. 나는 욕망의 저항자는 못 된다. 오히려 침묵의 응시자, 무기를 내던지면서도 결코 영혼까지 굴복한 건 아니라고 믿는 어리석은 투항자에 가깝다.

나라고 기가 죽는 날이 없을까. 그러나 그런 생각이 들 때면 곧바로 인정한다. 이것이 바로 내가 선택한 삶이라는 것을. 삶의 중요한 대목 대목마다 서서히 이 방향을 향해 크고 작은 결정을 내려왔음을. 그러므로 '자발적'이라는 건 내가 버틸 수 있는 마지막 가치의 보루요, 자긍심의 원천인 셈이다.

30대 중반을 넘어서면 친구들 모임에서 학창 시절과 달리 유난히 말수와 활기가 줄어드는 이가 생긴다. 그 친구는 모임 한 귀퉁이에서 존재감 없이 앉아 있다가 어느 순간부터 서서히 발길을 끊는다. 각자가 맞이한 삶의 바람에 형편껏 나부끼느라 몸도 마음도 고단해지는 시기가 온 것이다. 인생의 출발선은 비슷했건만 이제는 갈수록 경제적 격차가 벌어지는 또래들을 마주하는 것이 괴롭고 자존심 상하는 시기가. 우리는 왜 이리 자신을 들볶으며 힘들게 살아야 할까. 차라리 솔직하게 기죽고, 상큼하게 부럽다고 인정하면 좋을 것을.

"속 쓰리지만 인정한다. 내가 부자가 아니라는 것을. 부자가 되려면 다시 태어나는 게 더 빠르다는 것도. 착잡하지만 솔직히 부럽다. 당신이 부자라는 사실이."

깔끔하게 내 상황을 인정하되, 기죽는 자신을 미워하지 않는 것. 마음의 평화를 얻는 정석을 간단하게 정리하면 이렇다. 그러나 그게 말처럼 쉽던가. 늘 기죽는 자신을 미워하고 못마땅하게 여기다 급기야 자신이 이룬 삶, 가족, 직업의 가치를 평가절하하는 단계까지 간다. 작고한 평론가 김현은 기형도의 시 세계를 가리켜 '행복 없이 사는 훈련'이라고 압축한 바 있다. 만약 넉넉한 자산을 행복이라고 여긴다면 우리는 일생을 행복 없이 사는 훈련을 받으며 살아야 한다는 얘기가 된다. 생각만 해도 끔찍한 일이다.

부의 축적이 의미가 없어진다는 24세기는 까마득히 먼 앞날이다. 그나마 영화에서 나온 이야기일 뿐 확실한 것도 아니다. 그렇다고 복권방에 붙은 '로또 외엔 방법 없다'는 현수막에 마음 편하게 귀의할 수도 없다. 부와 명예에 대해 대단한 야심 없이 그저 일상의 작은 행복과 여유를 바라건만 그 소박한 소망마저 이루지 못하는 사람들을 생각하면 가슴이 저린다. 사랑은 상대방의 고통을 없애 주고 싶은 마음이라는데, 가난 때문에 자존감을 훼손당한 채 살아가는 사람들에게 내가 해 줄 수 있는 것은 너무나 작다. 타인의 넉넉함이 부러울 때는 차라리 쿨하게 기죽고, 그런 자신을 미워하지 말자는 얘기가 '가난해도 기죽지 않을 권리'를 원했던 지인에게 얼마만 한 설득력이 있을까.

개개인의 고유한 삶을 무자비하게 파고드는 자본주의 아래에서 살아가는 모두에게 보들레르의 시를 들려주고 싶다. 끝내 위안이 안 되더라도 부디 용서하기를.

모든 것에 대해 불만족하고 자신에 대해 더욱더 불만족스러운 지금 이 밤, 고독과 적막 속에서 나는 스스로 기력을 되찾고 자신을 조금 사랑하고 싶다. 내가 사랑하던 사람들의 영혼들이여, 내가 찬양하던 사람들의 영혼들이여, 나를 굳세게 해다오. 나를 지탱할 수 있게 해다오. 내가 이 세상의 허위와 부패로부터 멀리 있게 해다오.

— 『파리의 우울』, '새벽 1시에' 중에서

의리,
잠시 잊고 지냈던 단어

"우리는 직장에 의리를 지키고 싶어요. 그런데 회사가 우리에게 의리를 지키지 않으니 어쩌겠어요."

평범하게 회사에 다니는 이들에게서 이 권리를 희망한다는 얘기를 들었을 때, 빈속에 독한 술을 마신 것처럼 속이 홧홧해졌다. 고용 불안이라는 잠재의식이 얼마나 피로감을 안겨 주었으면 이런 권리를 원할까. 직장을 얻는 것도 힘들지만 그 자리를 유지하는 것도 어지간히 신경을 갉아먹는 일이다. 고도 성장기라면 기업주들이 직원들에게 이렇게 요구했을 것이다.

"제발 다른 회사에 가지 말고 진득하게 일해 주게."

나라 경제가 들불 번지듯 무서운 기세로 일어설 때는 우수하고 안정된 인력을 유치하는 일이 기업의 운명에 큰 영향을 주었다. 하지만 IMF 사태 이후 입장이 바뀌었다. 기업이건 개인이건 일단 살아남는 일이 지상 최대의 과제가 됐다. 이제는 누구도 자신의 자리에 안심할 수 없다. 직원은 직장에 의리를 지키고 싶어한다. 그러나 현실에서 의리는 무협지에 나오는 강호의 도리만큼이나 전설이 돼 가고 있다. 정직원은 말할 것도 없고, 비정규직과 일용직은 더 강도 높은 불안에 시달린다. 그래서 '직장에 의리를 지키고 싶다'는 말에는 시대를 관통하는 비애가 묻어있다.

그나마 종신 고용이 보장되었기에 인기를 누리던 공무원직도 사람들이 몰려들자 경쟁의 원리를 도입하려는 움직임이 일 정도이다. 많은 이들이 선호하는 분야가 생기면 그 조직 나름대로 거름망을 만들게 되어 있다. 세상은 그런 식으로 돌아간다.

직장에 의리를 지키고 싶은 소박한 바람을 가진 이들에게 영국의 과학자인 제임스 러브록의 이야기는 오늘날의 우리 현실과는 먼 얘기처럼 느껴질지도 모르겠다. 그는 20세기의 가장 획기적인 과학적 통찰이라고 평가되는 가이아Gaia 가설을 창시한 과학자이다. 가이아 가설은 지구의 모든 생명은 하나의 유기체로서 기능하고 있으며, 인류는 숱한 생명체 가운데 일원으로 살고 있을 뿐이라는 학설이다. 그가 가이아에 관한 책을 출간한 것은 1979년의 일이다. 이후 그의 예견들이 사실로 판명되었고, 가이아 이론은 가장 열띤 과학적 토론의 주제가 되었다.

여기서 가이아 이론에 대해서 말하고 싶은 것은 아니다. 가이아 이론이라는 창의적인 학설을 세우기까지 러브록이 겪은 직업적인 변화 이야기가 내게는 더 흥미롭게 다가왔다. 그는 런던의

국립의학연구소에 1961년까지 재직했다. 보수도 넉넉했고, 휴가도 길게 누릴 수 있었으며, 지적인 자유도 있는 곳이었다. 한마디로 이상적인 직장이었다. 그런데 그는 그 멋진 직장을 갑자기 사직한다.

내가 (연구소를 떠나) 자유로운 과학자의 길을 선택한 것은 가이아에 대한 연구가 방해받았기 때문이 아니다. 이상하게 들릴지 모르지만 내가 그러한 편안한 보금자리를 떠나고자 한 것은 종신보장직이 주어졌기 때문이었다. 은퇴할 때까지 그리고 무덤에 이르기까지 아무 탈 없이 지낼 수 있으리라는 숨 막히는 전망은 창조성을 죽이는 것이었고, 그래서 나는 떠나기로 했다.

요약하자면 이런 것이다. 너무나 완벽하게 학문의 자유와 복지가 보장된 직장이기에 오히려 숨이 막혔다. 그런 환경에서는 창조성을 살리기 어려웠고, 그래서 자유로운 신분의 과학자가 되기로 했다. 만성적인 고용 불안에 시달리는 우리에게는 배부른 소리로 다가올 수 있는 이야기이다. 어쨌거나 그는 지위와 보수가 보장된 직장 대신 자유를 선택했다. 촉망받는 과학자였으나 그렇다고 해서 일말의 불안이 없지는 않았을 것이다. 그러나 그의 언급에서 그 부분은 생략되어 있다. 그저 짐작만 할 뿐이다.

그는 자신의 실험실로 돌아와 연구에 몰두했다. 자연의 신비를 몸으로 직접 체험하며 20세기에 커다란 반향을 일으킬 이론의 뼈대를 세워 갔다.

서부 디본에 있는 내 실험실에서 나는 밤이면 별들과 은하수를 본다. 낮에는 새소리를 듣고 땅 내음을 맡는다. 이런 식으로 지구를 보고 느끼며, 지구를 하나의 살아 있는 유기체로서 생각한다. 이 행성 위에는 어느 누구를 위해서도, 어떤 종을 위해서도 종신제가 보장되어 있지 않다. 우리가 우리의 행성에 대한 책임을 인식하지 못하면 우리에게 할당된 기간에 도달하지 못할지도 모른다.

제임스 러브록의 용기와 과감한 선택, 영감으로 가득한 학설에 감탄하다가 나는 다음의 언급에 이르러 모든 동작을 멈췄다. '이 행성 위에는 어느 누구를 위해서, 어떤 종을 위해서도 종신제가 보장되어 있지 않다.' 몰랐던 사실도 아닌데 새삼 가슴을 묵직하게 치고 지나가는 것이 있었다. 지금의 신자유주의 시대, 무한경쟁주의 체제에서 종신제가 보장되지 않은 것은 직업만이 아니다. 발전이란 명분 아래 환경을 파괴한 나머지 기후변화를 비롯해 여러 위험을 일으킨 결과, 인간이란 존재로 종신토록 사는 것도 위기에 처하게 된 것이다. 그런 불완전한 존재인 인간이 저지른 폭력과 무지 때문에 사라져 간 생물은 또 얼마나 많은가.

제임스 러브록이 직장을 그만둔 것처럼 나에게 한 줌의 기득
권이라도 있을 때 그것을 과감하게 내던질 용기가 과연 있을까.
여간한 자기 신뢰와 배짱 없이는 힘든 일일 것이다. 언젠가 회사
생활 12년차에 이른 후배 하나가 자신의 직장 생활 이야기를 털
어놓은 적이 있었다. 보통의 직장인들처럼 그녀도 조직에서 생
기는 여러 알력과 스트레스에 시달리고 있었다. 그러나 아직까
지 그만두지 않고 버틸 수 있는 것은 일 자체만을 보려고 애쓰
기 때문이라고 덧붙였다.

"전 승진을 염두에 두지 않기 때문에 상사들에게 할 말은 해
요. 그래선지 제가 말하면 긴장하면서 귀를 기울이는 것 같아
요. 확실하지 않은 미래 때문에 미리부터 숨죽이고 살고 싶진
않아요."

그이의 말을 듣고 보니 떠오르는 장면이 있었다. 텔레비전 예
능 프로그램에 연예기획사 대표인 양현석 씨가 출연했을 때였
다. 인터뷰 도중에 양현석 씨가 MC들에게 질문을 던졌다.

"세상에서 가장 무서운 사람이 누군지 알아요?"

MC들은 얼른 대답하지 못했다. 나도 마찬가지였다. 세상에
서 가장 무서운 사람은 과연 누굴까? 한 분야에서 나름대로 자
신의 발자국을 남긴 이 남자는 과연 어떤 사람을 두려워할까?
내 머릿속은 강원도 고랭지 밭에 퍼진 아침 안개처럼 아득해졌
다. 이윽고 안개 속을 뚫고 들려온 양현석 씨의 대답.

"아무것도 필요하지 않은 사람이죠."

자신은 재능 있는 신인이나 스타를 만나도 그런 마음으로 대한다고 했다. 자기 필요에 따라 사람을 쓰려고 하면 손으로 움켜쥔 물처럼 언젠가는 빠져나가기 마련이다. 하지만 마음을 비우고 아무것도 필요하지 않은 듯 그저 최선을 다하면 결국 진심이 통해 자기 사람이 된다는 것이 그의 지론이었다.

승진을 생각하지 않기에 오히려 발언에 힘이 붙더라는 후배의 말이나 양현석 씨의 고백은 살아 있는 한 불가피하게 따라 붙게 마련인 생존의 불안에 대해 다시 생각하게 만든다. 양현석 씨 말대로 세상에서 가장 무서운 사람은 잃을 것을 두려워하지 않는 사람이다. 아니, 애초에 잃을 것이 없다고 생각하는 사람이다. 필요를 앞세우지 않기에 오히려 사람의 진심을 얻을 수 있다. 경험에서 우러나온 증언이라는 건 확실하지만 그렇게 살기가 어디 쉬운가. 게다가 양현석 씨가 업계에서 차지하고 있는 위치를 생각하면, 이미 가질 만큼 가졌기에 가질 수 있는 여유라는 반론도 가능하다. 마음이 다시 황야에 선 듯 막막해진다. 그러나 자신이 처한 처지에 상관없이 최소한 그런 마음가짐으로 살면 스트레스는 덜 받겠구나 싶다.

만일 그대가 쓸모없다면, 그대에게는 슬픔도 없다.

장자의 말이다. 젊은 시절 나는 『장자』를 읽으며 끊임없이 나락으로 떨어질 뻔한 자존감과 희망을 곧추세우곤 했다. 장자의 이 말은 내게 그랬듯이 숱한 좌절한 인생들에게 빛과 위안을 준 '무용의 복음성가'나 다름없다. 그대에게 슬픔이 있다면 그건 아직 그대가 쓸모 있기 때문이다. 그 쓸모란 자본주의적 시각에서 볼 때는 이윤이 보장된 노동력을 제공하는 사람이거나 소비자로서일 것이다. 아이를 낳을 수 있는 나이대라거나, 하다못해 단순히 생명을 지녔다는 이유만으로도 쓸모가 따라붙기도 한다. 때로는 내가 꿈꾸는 쓸모와 세상이 필요로 하는 쓸모의 간극에서 슬픔이 일어난다.

다시 과학자 제임스 러브록의 이야기이다. 안정된 직장을 떠나 불확실성이라는 몰약을 몸과 마음에 치덕치덕 바른 뒤 마침내 그가 세운 이론이 자못 흥미롭다. 그는 홀로, 독자적으로 존재하는 자연과 과학을 상상하지 않았다. 모두가 연결되어 있기에 더 소중하게 다른 생명체에 관심을 기울여야 한다는 뜻에서 그는 과학 이론에 그리스 신화에 나오는 대지의 여신 이름인 가이아를 붙였다. 그리고 자신이 올라앉아 있는 나뭇가지를 톱으로 자르는 것처럼 지구를 파괴하고 있는 인류에게 어머니 대지의 신음에 귀 기울여야 한다는 시적인 경고를 던졌다. 별과 은하수, 새소리와 땅 내음…… 지구상에 존재하는 모든 생명체와 자연이 하나의 생명을 가진 유기체처럼 살아 움직인다는 이론.

모두가 모두의 생존에 긴밀하게 연관되어 있다는 제임스 러브록의 학설은 만성적인 고용 불안에 시달리는 요즘 그 의미가 새롭게 다가온다. 비록 그는 직장에 의리를 지키지 않았지만 자기 자신에게는, 그리고 이 행성에는 의리를 지켰다. 이 세상의 그 어떤 종도 독자적으로 살아갈 수 없는 존재라는 걸 일깨움으로써 말이다.

"아프냐? 나도 아프다"는 드라마 대사에만 한정된 말이 아니다. 몇 줄로 요약되는 언론의 뉴스 뒤편에는 고통의 신음을 내지르는 무수한 내가 있다. 그가 불안하면 나도 불안하다. 그이가 행복하면 나도 행복하다. 하나의 생명체가 내뿜는 감정의 파장은 대륙과 대양을 뛰어넘어 어떤 식으로든 나에게 영향을 미친다.

까닭 없이 마음이 저려올 때 나는 세상의 구석에서 일어나는 불행을 감지하듯 한 손으로 가만히 가슴을 누르곤 한다. 누가 아픈 것일까. 누가 슬퍼하고 있나. 그것이 설령 나의 내부에서 시작된 막연한 불안의 진동일지라도 세상 끝에 홀로 서서 막막해할 누군가를 떠올리면 내가 아직 사람을 사랑하고 있음을 확인하는 것 같아 안도감이 들곤 한다.

평일 한낮에 공원 벤치에 앉아 있는 중년 남자, 가게 한 귀퉁이에서 진지한 얼굴로 로또 용지에 숫자를 표시하고 있는 청년을 볼 때나, 택배 상자를 들고 가는데 동네 파지 줍는 할머니가 간절한 눈빛으로 상자를 쳐다볼 때 가슴속에 도깨비불 같은 것이 일어난다. 그 순간 나는 동족의 피 냄새를 맡은 짐승처럼 목구멍에서 뭉클한 것이 치솟곤 한다. 서늘하게 마음밭을 적시는 광경과 마주칠 때마다 내가 영영 통점을 거세하지 않았다는 것, 그리하여 고통의 연대를 이룰 수 있다는 것이 위안이 된다. 이것마저 사라질 때 나는, 우리는, 정말로 남루하고 보잘 것 없는 생존 기계로 전락하고 말 것이다.

"우리는 직장에 의리를 지키고 싶다."

이 말에 마음이 뭉클해진 것은 그런 이유 때문이다. 멸종 위기에 몰린 동물처럼, 의리를 지킬 만한 가치의 세계가 점점 사라져 가고 있다. 최후에 누가 이 행성에 남든 텅 빈 행성에서 홀로 남은 그가 행복할 수는 없을 것이다. 아마도 제임스 러브록이 사표를 제출하면서 마음속에 품은 생각도 그랬으리라 믿는다.

아무것도
설명하고 싶지 않은
날이 있다

힐러리 스텝이란 말이 있다. 1953년 에베레스트를 처음 등반한 에드먼드 힐러리의 이름에서 유래된 말로, 정상을 눈앞에 두고 모든 힘을 모아 내딛는 마지막 걸음을 뜻한다. 내가 그 말을 처음 들은 것은 네팔의 포카라라는 곳에서였다.

포카라는 안나푸르나 트래킹을 가려는 이들이 전 세계에서 모여드는 작은 도시이다. 안나푸르나 베이스캠프 트래킹은 며칠에 걸쳐 쉬엄쉬엄 가면 북한산 등반보다 어려울 게 없는 코스이다. 그렇긴 해도 해발 4,130미터 높이의 산으로 혼자 떠나자니 두려웠다.

포카라에 도착해 며칠 지나지 않아 나와 똑같은 걱정을 하는 한국인 여행자 두 명을 만났다. 둘 다 각각 혼자 여행을 온 여성들이었다. 우리는 곧 포카라의 식당에 앉아 트래킹 계획을 짜며 흥분에 휩싸였다.

"ABC(안나푸르나 베이스 캠프) 갈 거요? 그럼 나도 끼워 줘요."

40대 후반쯤으로 보이는 아저씨가 불쑥 다가와 말을 걸어 왔다. 우리는 얼굴을 마주보며 누구도 선뜻 말을 꺼내지 못했다. 큰 눈에 장난기가 가득했지만 나쁜 사람 같지는 않았다. 그는 우리의 망설임을 읽은 듯 말했다.

"내가 이래 뵈도 ABC를 두 번이나 시도한 사람입니다. 매번 날씨가 안 좋아서 아직 힐러리 스텝을 못 밟긴 했지만. 산행은 변수가 많으니까 경험자랑 같이 가는 게 좋아요."

그는 자신을 '김 사장'이라고 소개했다. 자신이 길을 잘 알고 무거운 짐도 짊어질 수 있으니 포터나 가이드도 고용할 필요가 없다고 했다. 우리가 뭐 대단한 산악등반대라고 경험 많은 산행자를 내칠 것인가. 우리는 이 오리무중의 캐릭터인 김 사장님을 안나푸르나행의 고문으로 위촉하며 함께 가기로 했다.

드디어 산행을 떠나는 날을 맞았다. 그의 조언에 따라 우리는 최대한 느긋하게 걸어 오후 두 시쯤에 그날의 산행을 끝내고 숙소에 여장을 풀었다. 우리보다 늦게 출발한 팀들이 모두 앞질러 갈 만큼 우리의 산행 속도는 느렸다. 성격 급한 한국인들이 5~6일쯤이면 다녀올 코스를 우리는 무려 13일이나 걸렸으니 알 만하지 않은가.

해외에 나오면 가장 좋은 점 가운데 하나가 애써 사교적이 되거나 싹싹하게 굴어야 한다는 강박에서 벗어날 수 있다는 것이다. 낯선 나라, 문화도 풍습도 다른 사람들 사이에서 나는 있는 그대로의 나를 자연스럽게 내보이며 자유를 만끽하곤 했다. 나와 동갑인 동행자는 당시 대리 직함으로 회사를 다니다 여행을 떠나왔다고 했다. 그녀가 들려준 얘기이다.

"회사에서 후배가 내 인사를 뚱하게 받으면 불쾌하더라고. 후배 기분이 그때 안 좋아서 그럴 수도 있는 건데 괜히 내가 뭘 잘못했나 싶고 신경이 쓰이지. 그런데 어느 날 우연히 그 후배가 SNS에 남긴 글을 읽게 됐어. '회사에서는 가면을 쓰고 있어야 하는 것 같다. 진심에서 우러나온 상냥함이 아니라 가식적인 친절이라도 몸에 배어 있어야 회사 생활 잘한다고 인정받는 것 같다'고. 처음엔 놀라기도 했는데 사실 맞는 말이지 뭐."

설산을 바라보며 걸으면서 우리는 평소 억압당해 왔던 것들에 대해 허심탄회한 대화를 나눴다. 텔레마케팅, 고객 서비스 센터 같은 곳에서 일하는 감정 노동자들의 고단함과 가면 우울증, 사람이 주는 피로감에 대해.

가면 우울증이란 말을 자주 쓰는 것도 비슷한 고민을 하는 사람이 많아진 까닭이 아닐까 싶다. 가면 우울증이란 속마음은 우울한데 겉으로는 쾌활한 척해야 하는 간극에서 오는 마음의 병이다. 사람들은 우울한 이들을 경쟁력이 없는 것으로 간주하거나 편견의 눈으로 보기 때문에 솔직하게 감정을 드러내기 어렵다. 그러는 사이 속은 문드러지고 몸까지 상하고 만다. 심리학자들에 따르면 가면 우울증이 겉으로 드러나는 전형적인 우울증보다 더 위험하다고 한다. 이런 사회 조류를 반영해 몇 년 전에는 속 깊은 이야기를 할 정도가 아닌 겉으로만 친한 친구를 줄인 신조어까지 탄생했다. 바로 '겉친'이라는 말이다. 겉친은 많지만 진정한 친구나 대인관계, 즉 절친은 없다는 것이 가면 우울증의 속사정이다.

여행이란 잠시나마 그런 사회를 벗어나 지친 심신을 보살피는 치유의 한 방법이기도 하다. 그러나 여행길에도 인간관계의 틀은 계속 따라다닌다. 2주일 가까운 기간 동안 한 팀이 되어 하루 내내 붙어 있는 동안 그 속에도 작은 한국 사회가 형성됐다. 젊은 여자 셋에 중년 남성 한 명이란 조합이 애초에 그럴 여지를 품고 있었는지도 모른다.

트래킹을 시작한 지 나흘째 되던 날 해발 2,170미터의 촘롱이란 곳에 이르렀을 때였다.

"초행자들은 잘 모르는데, 이 계곡 아래에 기가 막힌 노천 온천이 있어요. 우리 씻으러 갑시다. 설산을 바라보며 뜨거운 물에 몸을 담그면 신선이 따로 없어."

정보통인 김 사장님이 솔깃한 제안을 해 왔다. 그동안 고산병을 조심하느라 체온 유지를 위해 며칠 동안 제대로 씻지 못한 우리로서는 반가운 얘기였다. 땀에 젖었다가 마르기를 반복하느라 윗옷 등짝에 허연 소금꽃이 필 정도였으니. 계곡 아래로 한

참을 내려가자 거짓말처럼 김이 모락모락 나는 노천탕이 있었다. 하늘 아래에는 안나푸르나가 눈부신 자태로 서 있었다. 비현실적인 풍경과 분위기에 우리는 환호성부터 질렀다. 가까운 곳에 엉성하나마 나무를 엮어 가림막을 쳐둔 탈의실도 있었다. 손으로 물 온도를 재보고, 신발과 양말을 벗는 일행에게 김 사장님이 한 마디 했다.

"자자, 어서 들어가자고. 내가 때 밀어 줄게."

시시때때로 성적 희롱과 농담의 경계를 넘나드는 이야기를 던져 우리를 곤혹스럽게 하던 그의 능글능글함이 그곳에서 절정에 이르렀다. 그는 정말로 수건에 비누를 묻혀 등을 닦아 주려고 우리 뒤를 쫓아다녔다. 그럴 때면 영락없이 세파에 적당히 찌들고 닳은 중년 남성이었다. 천진하게 희희낙락하던 우리는 홀딱 제 정신이 들어서 옷을 입은 채로 탕에 들어가 씻는 둥 마는 둥 물만 묻히고 나올 수밖에 없었다.

그런가 하면 소나기를 피해 산 중턱에 있는 숙소에서 잠시 쉴 때는 즉석에서 시를 써서 읊었다. 참으로 복잡한 캐릭터였다. 베이스캠프까지 얼마 남지 않은 날, 나는 정체 모를 피로를 느꼈다. 숙소에 도착해서 방을 얻을 때 나는 하룻밤만 독방에서 자겠다고 양해를 구했다. 그때껏 여자들끼리는 침대가 여러 개 있는 방을 하나만 구해 여장을 풀었더랬다. 그게 경제적이기도 했고, 자연스러운 일이었다.

그때 내 마음을 어떻게 설명해야 할지 몰랐다. 그저 혼자 있고 싶었다. 그때껏 저장해 둔 고독의 힘이 바닥을 드러낸 것이었다. 일행은 선선히 그러라고 했다. 일상이 반복되면 알게 모르게 불문율이란 것이 생겨나게 마련이다. 그런데 24시간 내내 함께 지내는 규칙을 깬 나를 너그럽게 받아들여 주었다.

눈앞에 그림처럼 떠올라 있는 안나푸르나를 바라보며 서로 감탄을 나누는 것도 좋지만 가끔은 내 안으로 침잠하고 싶을 때도 있었다. 그런 본성의 요구를 며칠째 억지로 누르며 애써 사교적이 되려고 하다가 마침내 한계에 다다른 것이었다.

인간관계는 먼 이국이라고 해서, 그리고 세계적으로 이름난 산행길이라고 해서 비껴갈 수 있는 게 아니었다. 아니, 산속이야말로 세상에선 쉽게 감출 수 있었던 자신의 진면목이 가감 없이 드러나기 좋은 장소였다. 중간에 쉬고 싶어도 일행이 모두 활기차 보이면 누가 되지 않으려 부지런히 쫓아갔다. 김 사장님이 노골적인 농담을 늘어놓으면 불편한 마음이었다가도 다른 두 명이 천진하게 듣고 있으면 혼자 까칠한 것 같아 나도 웃고 말았다. 자유롭고 싶어 떠난 여행길에서도 인연이 주는 활력과 피로는 어김없이 작동했다.

그 밤, 홀로 방을 차지하고 누워 음악을 듣는데 그렇게 좋을 수가 없었다. 혼자 있다는 사실이 달콤해서 산행의 피로도 잊을 정도였다. 무엇보다 다음날이면 별것 아닐 게 분명한 내 마음을 일일이 설명하지 않아도 돼서 좋았다. 히말라야 위로 뜨는 별은 얼마나 맑고 크고 투명하던지. 나는 침낭을 뒤집어쓴 채 환한 별무리를 바라보며 이어폰을 끼고 음악을 들었다. 등산객들이 모두 잠자리에 들자 주위는 고요했다. 어느 때보다도 히말라야의 존재가 뚜렷하게 느껴졌다. 다음날 아침 나는 완전히 회복했다. 다시 내 안에 매일 되풀이 되는 일상을 견딜 힘이 생긴 것이다.

그때 아무것도 묻지 않아 준 일행이 얼마나 고마웠던지. 나의 하룻밤 독방 사건은 산행의 일부처럼 자연스럽게 뒤로 물러났다. 숙소 부엌에서 따뜻한 물을 얻어 물통에 담고, 등산화 끈을 묶으며 다시 하루를 시작했다.

나도 알고 있었다. 그곳이 산속이기에, 그리고 산을 내려가면 다시 흩어질 인연이기에 내 일탈이 훨씬 더 가볍게 받아들여졌다는 것을. 국내라면 달랐을 것이다. 직장에서, 모임에서, 또는 아는 사람끼리 함께 산행을 떠났다면 어땠을까. 내내 같이 지내다가 갑자기 혼자 자겠다고 다른 방을 잡는다면 평화가 깨졌을 확률이 크다.

"왜 그래? 무슨 일 있어?"

"우리가 뭐 불편하게 했어?"

매순간 자신의 마음을 설명해야 하는 것만큼 피곤한 일도 없다. 왜 우리는 타인에게서 호의나 호감의 표정을 보지 못하면 불안해할까. 내 마음에서 일어난 일이라도 논리적으로 설명하지 못하는 애매한 기분, 감정일 때가 얼마나 많은가. 그것은 그 순간의 마음일 뿐, 지나고 나면 또 덧없이 스쳐가는 한때의 감정 상태일 뿐인데.

안나푸르나 산행의 뒷이야기를 마저 해야겠다. 우리는 우여곡절 끝에 안나푸르나 베이스캠프에 이르는 데 성공했다. 마지막 코스는 무척 힘들었다. 베이스캠프에 도착하자 아래에서와는 확연하게 다른 두통이 머리를 짓눌러 오기 시작했다. 밤이 깊어 가자 여기저기서 등산객들이 토하는 소리가 들려왔다. 해발 4,000미터에 가까운 고도에서 구토와 두통, 소화불량, 불면 같은 증상은 흔한 것이었다. 공동 식당에서 저녁을 먹고 잠시 한담을 즐길 때였다. 김 사장님이 나를 바라보며 불쑥 얘기를 꺼냈다.

"여기까지 오는 동안 자네가 가장 자네다웠던 때가 언제인지 아나?"

시시껄렁한 농담을 할 때와는 사뭇 다른 목소리였다.

"일행과 떨어져 혼자 자겠다고 한 날, 그때가 가장 자네다웠어. 자네가 누구인지, 어떤 종류의 사람인지 드러내는 일이었지."

그 일이 어떤 인상을 남겼으리라곤 생각지 못했기에, 아니 내심 모른 척해 줬으면 했기에 나는 당황한 얼굴로 그를 바라봤다. 사람이 원래 높은 곳에 올라오면 조금쯤 다른 사람이 되는 것일까. 해발 2,000~3,000미터에서는 능글맞은 중년 아저씨였지만 4,000미터 높이로 올라오니 어딘가 달라 보였다. 아, 그는 내 행동을 눈여겨보고 있었구나. 크게 잘못한 건 없다 해도 그날의 피로감을 들킨 것 같아 겸연쩍어졌다.

그날 밤 세상에서 가장 아름다운 산장에서 김 사장님은 자신이 살아온 이야기를 들려주었다. 그 이야기는 조금 과장을 곁들이자면 영화 「식스센스」 이후 최고의 반전이라 할 만했다.

"난 동자승부터 시작해 절집에서 젊은 시절을 다 보냈다네. 한 30년 잘 살았지."

나는 놀라서 뒤로 자빠질 뻔했다. '아, 아저씨가요?'

"어려서 부모를 잃고 절에 버려진 나를 은사 스님께서 거둬서 잘 길러 주셨어. 신도들도 나를 귀여워하고 큰스님이 되라고 얼마나 기대를 많이 했는지 몰라."

그의 눈빛이 아련한 그리움과 회한에 사무쳐 탁자 위의 등불에 일렁였다.

"그런데 왜 환속을……?"

"내게 깊은 상처를 준 사건이 있기도 했지만, 요약해서 말하자면 세상이 그리웠기 때문일세. 그런데 한 세상 떠돌아 보니 맑던 얼굴빛이 흐려지고, 요 몇 년 부쩍 늙었어."

그는 절집에서 보낸 시절을 얘기하다가 끝내 한 줄기 눈물을 비치고 말았다. 세속에 찌든 얼굴빛 너머로 낙엽 지는 소리에도 가슴이 설렜다는 동자승의 얼굴이 어렴풋이 떠오르는 것 같았다. 어차피 고산증 때문에 잠을 이루지 못할 밤에 우리는 산 아래서라면 나누기 쉽지 않았을 깊은 속내까지 서로에게 내보였다. 때때로 배경음처럼 안나푸르나 기슭에서 굴러 떨어지는 눈사태 소리가 천둥처럼 울리곤 했다.

히말라야 영봉들 사이로 희미하게 새벽빛이 밝아올 무렵, 그가 한 말을 잊을 수 없다.

"혼자 자겠다고 하던 그 밤처럼 살아. 그때 자네가 이런저런 변명을 늘어놓거나 눈치를 보지 않아서 좋았어. 사람들은 생각만큼 다른 사람 사정에 관심 없어. 그런데 늘 남이 어떻게 볼까, 재다가 일생을 보내지. 그러다 이도 저도 할 수 없는 때가 와서야 후회하지. 좀 더 나답게 살아도 좋았을 걸 하고 말이야."

그의 말은 좀 더 빨리 자신에게 어울리지 않는 옷을 벗지 못하고 사회적 체면과 남의 기대치에 짓눌려 살아 온 지난날에 대한 후회처럼 들렸다.

안나푸르나의 그 밤 이후 적지 않은 시간이 흐른 지금, 나는 과연 나의 본성을 기꺼이 받아들이고 긍정하며 살아가고 있는 걸까. 사는 일은 간단하지 않다. 내가 받은 축복을 다 헤아릴 수 없을 것 같은 기쁨의 날도 있지만, 때로는 마음이 가라앉고 억지로 웃고 싶지 않은 순간 역시 존재한다. 내 마음 나도 모르겠는 그 미묘한 순간에 사교적이어야 한다는 강박까지 더해지면

상황을 더 뒤죽박죽으로 만들기 쉽다. 그럴 때면 오늘은 혼자 자고 싶다고 선언했던 안나푸르나의 그 밤을 생각하곤 한다.

누군가 심상치 않은 내 표정을 보고 무슨 일 있냐고 물으면 솔직하게 털어놓는 거다.

"가끔은 아무것도 설명하고 싶지 않을 때가 있잖아. 별일 아냐. 조금 지나면 괜찮아질 거야. 지금 배터리 충전 중이야."

끝까지 가본다는 것,
그 짜릿한 자유

> 그들의 삶은 늘 유배였고 그들의 교양은 갈 데까지 가 보는 것
> 이었으며 그들의 상식은 죽어 가는 가축의 쓸쓸한 눈빛을 기억
> 할 줄 아는 것이었다
>
> — 김경주의 시 '비정성시' 중에서

스물여섯 살부터 컴퓨터에 일기를 써 오고 있다. 고등학교 때
까지는 자물쇠가 달린 일기장에 써서 책상 서랍 안쪽 깊숙이 넣
어 두고 다녔다. 대학에 들어가서 스물다섯 살까지는 종이 일기
장 대신 컴퓨터에 일기를 쓰고 저장했는데, 그만 포맷을 잘못하
는 바람에 몽땅 날리고 말았다. 그때 얼마나 망연자실했던지.

컴퓨터로 작업하면 종종 이런 재앙이 일어난다는 걸 알면서
도 그 뒤로도 계속 한글 파일에 일기를 써 오고 있다. 그동안 컴
퓨터가 고장 난 적도 있었고, 몇 번 더 나은 사양으로 바꾸기도

했지만 다행히 그때 같은 참사는 일어나지 않았다.

가끔 20대 시절의 일기를 읽어 보면 어찌나 자신을 못마땅하게 여기고 매섭게 닦아세웠는지 안쓰러울 지경이다. "자신을 다스릴 때는 마땅히 가을 기운을 띠어야 하고, 처세는 의당 봄기운을 띠어야 한다"는 옛말이 있긴 하다. 자신에겐 엄격하고 남에게는 부드럽고 너그러워야 한다는 뜻이다. 하지만 내 경우 옛사람이 말한 인격도야의 길이라기보단 자책에 가까웠다.

글을 써 보겠다며 취직도 마다하고 간간이 들어오는 아르바이트 일로 겨우 먹고살던 때였다. 한시적인 일만 끝내면 내 글에 몰두하리라 다짐했지만, 정작 호되게 한바탕 일에 심신을 바치고 나면 피로와 무력감 때문에 한동안 휘청거렸다. 그러다 보면 다시 돈이 떨어지고, 또 일을 한 뒤 나가떨어지고…… 그런 날들이 반복됐다. 그 시절에 쓴 일기를 보면 피가 철철 흐른다.

나는 나 자신을 이제 다른 차원에서 점검해 봐야 한다. 허욕과 들뜸과 망상에서 벗어나 땅을 굳건히 딛고 서야 한다. 내게서 희망의 빛, 의욕의 빛이 조금씩 사라져 가는 것을 느낄 때, 그리하여 사랑하는 이들조차 신뢰를 거둘 때 죄어 오는 슬픔. 그게 바로 지옥이다. 나는 아직 충분히 끝까지 가 보지 않았다. 내가 어떤 인간인지, 얼마만큼 나아갈 수 있는지 확신하지 못하는 건 그 때문일 것이다. 이런 세월이 언제까지 이어질까. 새벽까지 떠오르는 상념들을 떨쳐 버리려 얼마나 애를 썼는지 머리가 지끈지끈 아팠다.

예나 지금이나 젊은이가 이상을 간직하며 살아가기란 쉽지 않은 세상이다. 청춘이란 무릇 불확실성 때문에 좌절하고, 또 그 불확실함을 발판 삼아 훌쩍 공중에 제 몸을 날려 보기도 하는 시절이다. 일기에서 '끝까지 가 보지 않았다'는 것 때문에 선뜻 포기도 할 수 없다고 비관했지만, 그 시절 나는 도대체 어디까지 해 봐야 '끝'이라고 할 수 있는지 가늠할 수 없었다. 다만 내 안에 잔뜩 굶주린 영혼이 아우성치고 있다는 것만 뚜렷하게 알 수 있었다.

그 즈음에 일본의 소설가 마루야마 겐지의 산문집을 읽었다. 처음에는 그의 과도한 남성성, 때때로 드러나는 마초 같은 어투에 거부감이 들기도 했다. 책 어디에도 가난한 소설가와 평생을 함께 하며 고단하게 사는 아내에 대한 배려나 고마움이 보이지 않는 것도 불만이었다. 게다가 여성을 은근히 비하하는 듯한 대목도 여러 군데 있었다. 그런데 어느 순간 그의 공격적인 태도가 고통스러운 삶에 대한 방어는 아닐까 싶은 생각이 들었다. 한 사람을 이해하게 되면 이번에는 연민이 일게 마련이다.

'그래. 한창 나이의 젊은 남자가 틀어박혀 글만 쓰려니 힘들었겠다.'

기특하게도 적절한 시점에 그런 생각이 드는 바람에 나는 소설가 한 명을 잃지 않아도 됐다.

마루야마 겐지는 20대 초반에 아쿠다가와 상으로 등단한 이래 최소의 생활비로 오직 글만 써서 먹고 살겠다며 시골로 거처를 옮겼다. 그는 도쿄 중심의 중앙 문단과 연을 끊고 아내와 개 한 마리와 함께 고독한 삶을 수십 년째 살고 있다. 그의 일상은 무척 단조롭다. 저녁을 먹은 뒤엔 일찍 잠자리에 들고, 새벽에 일어나 오전까지 볼펜을 쥐고 소설을 쓴다. 한참 글쓰기에 몰두하고 나면 점심시간이 된다. 오후에는 개와 함께 땀에 흠뻑 젖도록 산으로 미친 듯이 뛰어다닌다. 오토바이를 몰고 나가 최고 스피드로 질주를 하다 파김치가 되어 돌아오기도 한다.

"대부분의 정신적인 문제는 몸을 혹사시키는 것이 답입니다" 라고 그는 심플하게 말한다. 그토록 치열하지 않으면 정기적인 월급도, 기댈 언덕도 없는 세계에서 버텨내기 힘들었을 것이다.

사회와 타협하기를 거부하고 혼자만의 세계를 구축해 가는 일. 그건 혈기왕성한 젊은이가 보통의 의지와 정신력으로 버텨낼 수 있는 스트레스가 아니다. 하루하루가 대다수의 삶과 다른 방향으로 지나간다. 그것도 해가 갈수록 격차가 나는 방향으로. 스스로 북돋우는 용기와 격려를 연료 삼아 앞으로 나아갈 수밖에 없는 삶이다.

"그것은 젊은 시절 막연하게 꿈꿔 왔던 것과는 너무도 다른 생활이었다."

마루야마 겐지의 고백이다. 그 사실을 받아들이기엔 그의 나이가 너무 젊었다. 막상 맞닥뜨린 현실에 경악한 나머지 며칠 동안 방에 틀어박혀 앓듯이 잠만 자기도 했다고 한다. 그의 소설은 동시대 작가인 무라카미 하루키만큼 대중적인 인기를 끌지는 않아서 겨우 1년치 생활비를 확보하면 다음 작품을 쓰는 식으로 꾸려 갈 수밖에 없었다. 그래도 아내 덕에 굶지 않았다. 그의 아내는 단호하게 말한다.

"자신의 힘으로 먹고 살지 않는 남자와는 말도 하기 싫다."

그가 수도승처럼 절제된 생활을 하며 치러야 했던 고통이 어떤 것인지 알 것 같았다. '끝까지 간다'는 건 그만큼 자신의 몸과 마음을 온전히 삶이라는 제단에 바쳐야 하는 것인지 모른다. 그래서 지레 겁이 난 건지도 모르겠다.

마루야마 겐지의 『소설가의 각오』를 읽을 즈음 내 머리맡에는 폴 오스터의 『굶기의 예술』도 놓여 있었다. 두 책의 제목을 섞으면 '굶기의 각오'였고, 그게 자신만의 길을 가려는 이들이 지녀야 할 가장 원초적인 태도인지도 몰랐다. 두 책을 그처럼 감격하며 읽었다면 기운을 충전 받아 대학 시절 은사님이 말씀하신 것처럼 살았어야 했다.

대학교 3학년 때였다. 소설을 지도하셨던 신상웅 교수님이 어느 날 나를 연구실로 부르셨다. 문을 열고 들어서자 수업 시간에 다른 내 소설이 교수님 손에 들려 있는 걸 봤다. 그 입장이 되면 누구나 그렇겠지만, 나는 연구실에서 내가 서 있는 부분만 쑥 꺼져 버렸으면 좋겠다고 생각했다. 무슨 말씀을 하시든 견딜수 없을 것 같았다. 부끄럽고 또 민망했다. 교수님은 나를 보더니 대뜸 한마디 하셨다.

"죽도록 써 봐."

"……."

대번에 풀이 죽었다. 나는 할 말을 찾지 못해 바닥만 내려다봤다.

"그러고 있나?"

교수님의 자애로우면서도 날카로운 눈빛이 안경 너머에서 똑바로 건너왔다.

"아…… 아뇨."

그럴 리가 있나. 죽도록 연애를 한다면 모를까. 죽도록 논다면 모를까. 기어 들어가는 목소리로 겨우 대답했던 기억이 난다.

"죽도록 써야 돼. 다음 주까지 이거 다시 고쳐 써 오도록. 그만가 봐."

교수님의 등 뒤에서 햇빛을 타고 뿌옇게 피어오르던 먼지 줄기가 아직도 눈앞에 선하다. 일상은 그처럼 무심하게 정물처럼 정지해 있거나, 고요한 소란 속에서 제 할 일을 다 하고 있었다. 교수님이 처음으로 개인적인 관심과 애정을 보여 주는 그 순간에 희미한 예감이 스며들었다. 끝내 스승을 실망시키고 오래도록 그 사실을 아파할 거라는…. 그 자각은 온몸을 유리로 긋는 것처럼 아리고, 두렵고, 서글펐다.

죽도록 쓴다는 것.

죽도록 뭔가를 끝까지 해 본다는 것.

그것은 조건 붙이는 것을 허락하지 않은 단호한 삶의 자세였다. 엄숙한 자기 절제와 극한의 노력이 필요한 일이었다. 학교 다닐 때 자취하는 이들 사이에서 전설처럼 떠도는 이야기가 있었다. 누구네 방 앞을 지나가면 새벽까지 자판 두드리는 소리가 소나기처럼 쏟아진다느니, 누구는 몇 주째 수업을 빠지며 공모를 준비 중이라느니……. 과연 어느 정도 해야 죽도록 쓰는 것일까. 인간은 어느 선에 이르러야 자신에게 만족하고, 자신을 받아들일 수 있을까.

학창 시절 교수님께 격려를 받았고, 게다가 비상한 각오로 굶기까지 예술을 포기하지 않은 소설가들의 산문도 읽었으니, 나도 글쓰기에 매진해야 옳았다. 그러나 공교롭게도 책장을 덮자마자 나는 정식으로 취직을 하고 말았다. 마루야마 겐지라면 자신의 힘으로 먹고 살지 않은 남자뿐만 아니라, 싱글 여자와도 말을 섞기 싫어할 것 같아서……는 아니고, 통장 잔고가 바닥을 보였기 때문이다. 마치 그 시점을 꿰뚫어 본 것처럼 선배가 연락을 해 와 급하게 자리가 난 곳이 있는데 일할 생각이 있느냐고 물었다. 나는 마지막 남은 돈으로 옷과 구두를 장만해 면접을 본 뒤 첫 출근을 했다.

인생은 때론 예기치 않은 방향에서 오는 바람에 떠밀려 낯선 목적지에 도착하기도 한다. 그때 그 시점에 선배의 제안을 물리쳤다면 나는 또 어느 길에 서 있을까, 생각할 때가 있다. 회사 생활은 꿈조차 꿔 본 적 없던 길로 나를 이끌어 갔다. 회사를 그만둔 뒤 인도와 티베트 여행을 떠나게 됐으니 말이다. 나는 배낭 하나만 멘 채 그야말로 세상 끝이라고 해도 좋을 오지를 헤매고 다녔다. 그 와중에 몇 번인가 목숨을 잃을 뻔한 위험한 순간을 만나기도 했다. 여행 허가서도 없이 티베트 여행을 떠나서 세계의 중심에 있다는 성스러운 카일라스 산도 다녀왔다. 그러면서 발견했다. 나도 모르게 '죽도록' 뭔가를 하고 있는 나를. 그토록 갈망하던 내 자신의 모습을 길 위에서 발견할 줄이야.

고행에 가까운 그 여행길에서 지독한 행군 끝에 발톱이 너덜거리다가 빠졌다. 처음 겪는 일이었다. 차가운 고원에서 얻은 독한 감기 때문에 티베트의 라싸 병원에서 검사까지 받는 소동을 벌이기도 했다. 몇 주째 밤낮으로 기침이 그치지 않아 폐렴이 아닌가 의심해서였다. 티베트에서 폐렴에 걸리면 무척 위험하다고 여행 안내서에 나와 있었다. 기침을 할 때마다 가슴이 욱신욱신 아팠다. 독방을 쓸 형편은 아니어서 방을 함께 쓰는 일행에게 농담이랍시고 서툰 영어로 양해를 구했다.

"밤에 너무 시끄럽게 굴면 베개로 지그시 눌러 줘."

외국 여행자들은 웃음을 터뜨리며 "그럴게" 하고 친절하게(?) 동의해 주었다.

라싸 병원에서 연필심만 한 주사기로 손가락 끝을 여러 번 찌른 끝에 겨우 피를 봐서 혈액검사를 했던 기억이 새롭다. 엑스레이도 찍었다. 베이징에서 의학을 공부하고 왔다는 티베트인 의사가 말했다.

"다행히 폐렴은 아니네요. 그런데 한쪽 폐에 주름이 있군요."

"주름이 졌다는 건 무슨 뜻인가요?"

"예전에 앓았던 상처일 수도 있고…… 정확한 건 정밀 검사를 해봐야 압니다. 하지만 심각한 것 같진 않으니 걱정 안 해도 될 것 같군요."

티베트까지 가서, 병원 검사를 받고서야 나는 알아차렸다. 그제야 내 안의 굶주린 짐승이 잠깐이나마 잠잠해졌다는 것을.

지금도 가끔 티베트인 의사가 한자로 써 준 진료증을 들여다보곤 한다. 그리고 주름진 한쪽 폐를 머릿속에 그려 본다. 추상적인 은유가 아니라 그 여행은 내 장기에 실질적인 무늬, 혹은 주름을 남겼다. 때로 어떤 장소는 인간 몸의 일부로 스며들어 언제까지나 함께하고 싶어 한다.

진료증 앞면에는 라싸 병원 건물이 인쇄돼 있고, 안쪽 페이지에는 방문한 날짜와 증세가 한자로 적혀 있다. 질이 썩 좋지 못한 종이로 만든 진료증은 험한 여행에 시달리느라 여차하면 찢어질 것처럼 낡아 있다. 이게 내가 잠시나마 '끝까지 가 본' 증거라고 할 수 있을까. 아니, 그건 자기만족에 불과할지도 모른다. 삶은 끝날 때까지 끝난 것이 아니니까. 자신을 견디기 위해선 마루야마처럼 미친 듯이 산을 뛰어다니거나, 몇날 며칠을 이불을 뒤집어쓰고 앓듯이 잠에 빠져야 할지도 모른다.

그래도 인간에게 끝까지 가 볼 권리가 있다는 것, 그걸 시도해 볼 수 있는 여지가 있다는 사실이 나는 미치도록 좋다. 굳이 어디에 도착하지 않아도 좋다. 그저 가 보는 거다. 그저 해 보는 거다. 세상에 무익한 일이란 없다. 올바른 관점만 지닌다면 모든 일이 행복을 발견하는 오솔길로 이어진다. 아, 굳이 행복해지거나 성장해야 한다는 강박을 가질 필요도 없다. 끝까지 가 본 경험은 그 자체로 눈부신 생의 선물이 되어 생존이 아니라 진정한 여행의 삶을 살도록 도와준다. 그거면 충분하지 않은가.

학교에서는
가르쳐 주지 않는
행복의 기술

초등학교 5학년 때쯤이었다고 기억한다. 가까운 친척 중에 고물상을 하는 아저씨가 계셨다. 사고로 오른쪽 팔꿈치 아래 부분을 잃고 시작한 일이 고물을 모아 한 달에 한 번 인근 도시에 파는 것이었다. 아저씨는 다친 팔에 양말이나 검은 색 토시를 끼워 절단면을 가리고, 나머지 한 손으로 씻고, 옷을 입고, 일상의 모든 일을 능숙하게 처리했다. 영화에 흔히 나오듯 갈고리나 의수를 끼우지는 않았다. 아저씨는 오랜 시간에 걸쳐 불편한 몸을 있는 그대로 받아들이는 숙제를 끝낸 것처럼 보였다. 한 손으로도 못하는 것이 없었다. 아저씨는 고물 대신 거래할 엿을 만들어 리어카를 끌고 나가 하루 종일 읍내를 돌았다.

햇살이 정수리를 따갑게 비추던 기억으로 봐서 아마도 여름방학 직전이었을 것이다. 학교에서 돌아오는 길에 아저씨와 마주쳤다. 막 인사를 드리려는데 아저씨의 수레에서 종이 뭉치가

스르르 풀려 땅에 쏟아지고 말았다. 종이를 묶었던 노끈이 헐거워져 풀리고 만 것이다. 아저씨는 곧 사태를 알아차리고는 일을 수습하기 위해 수레를 세웠다. 나도 얼른 수레 뒤편으로 뛰어갔다. 그리고 엎드려 종이를 주워 모았다. 그러면서 속으로 누가 보더라도 우리가 친척이 아니라 그저 어려움에 처한 사람을 돕는 착한 아이로 비치기를 바랐다. 나는 어리고 철이 없었다.

종이를 다 모아서 쌓자 꽤 큰 뭉치가 됐다. 이번에는 다시 풀어지지 않도록 꽉 묶는 일이 남았다. 아저씨는 노끈을 박스 밑으로 넣어서 열십 자(十) 모양으로 만들었다. 이제 묶기만 하면 됐다. 입으로 한쪽 끈을 문 채 성한 손으로 끈을 돌려 묶으려 했지만 잘 되지 않았다. 한 손으로 무슨 일이든 잘 해낸다고 생각했던 건 내 착각이었다. 그 부분에서 아저씨는 열두 살짜리 여자아이의 도움을 받을 수밖에 없었다. 나는 아저씨가 주시하는 가운데 끈을 꽉 묶으려 해 봤다. 그러나 손아귀의 힘도 약하거니와 그런 일을 해 본 적이 없으니 잘 될 리 없었다. 아무리 힘을 줘도 종이 뭉치와 끈 사이에는 헐거운 틈이 생겼다. 내가 씨름하는 모습을 보던 아저씨는 자신을 향해서인지, 나를 향해서인지 모를 말을 던졌다.

"끈 하나 제대로 묶지 못해서 이 험한 세상을 어떻게 살아갈래? 응? 그거 하나를 제대로 못해?"

아저씨는 볼 때마다 부러진 콩엿 조각을 챙겨 주며 나를 귀여

위해 주던 분이었다. 고물들 틈에서 신기한 것을 발견해 물어봐도 귀찮아하지 않고 답해 주곤 했다. 그런데 그날은 눈에 띄게 역정을 냈다. 끈이 제대로 묶이지 않았기 때문에, 그 간단한 일을 자신의 손으로 성에 차게 할 수 없어서 화가 났던 것일까? 뜨거운 햇볕 아래에서 아저씨 마음에 쏙 들도록 끈을 꽉 묶으려 애쓰며 잔뜩 긴장하느라 온몸이 끈적하게 땀에 젖었다. 꽤 긴 시간이 지났건만 그 더운 날, 내가 느꼈던 무력감이 지금도 잊히지 않는다.

학교에서는 그날 길가에서 꼭 필요했던 끈 제대로 묶는 기술 같은 건 가르쳐 주지 않았다. 한쪽 팔이 불편한 아저씨와 내가 종이 뭉치와 씨름하던 그 순간에는 내가 학교에서 배운 국어, 산수, 사회, 음악, 미술 같은 것은 아무런 도움이 되지 못했다. 학교에서는 아침에 나뭇가지마다 앉아서 울어대던 새들의 이름도 가르쳐 주지 않았다. 먹어도 되는 버섯과 독버섯을 구분하는 법도, 풀숲을 헤치며 놀면 풀독이 올라 고름이 맺힌다는 것도 가르쳐 주지 않았다.

정작 살아가는 데 필요한 많은 기술들은 친구들끼리 불완전한 정보를 주고받거나 어른들이 일하는 현장에서 조금씩 익혀 나가야 했다. 그러나 어른들이란 아이들을 지뢰밭을 걷는 사슴처럼 여기기 일쑤라 무슨 일을 하기도 전에 "하지 마라", "안 돼", "그게 아냐"라고 소리쳤다. 그런데도 나와 내 또래들이, 또 많은 아이들이 그럭저럭 자라서 어른이 돼 살아가고 있다는 게 신기하게 여겨질 때가 있다.

학교에서 미처 배우지 못한 삶의 기술들이 얼마나 많은지. 예를 들면 화가 날 때 마음을 다스리는 법, 좌절이나 절망을 현명하게 받아들이는 법, 관계를 부드럽게 이어가는 법, 돈에 관한 철학이나 관리법, 남을 배려하는 법, 행복하게 여행하는 법, 제대로 된 음식을 만들어 먹고 치우는 법, 진정한 성공의 의미를 가늠하는 법, 재밌게 노는 법, 고독과 친구가 되는 법, 사기당하지 않는 법……. 이런 것들을 우리는 경험이라는 값비싼 수업료와 감정을 소모하며 배워야 했다.

언젠가부터 우리는 전인적인 인간상에서 멀어진 존재가 되고 말았다. 점점 자신이 맡은 자그만 영역의 업무에서만 능력을 발휘할 뿐 많은 부분에서 자발적인 백치로 살아가고 있는 것이다. 이 모든 것이 인간이 흙에서 멀어진 뒤부터 생긴 현상이라는 것을 아프게 인정할 수밖에 없다. 흙을 가까이 하고 살던 때에는 일상에 필요한 웬만한 것은 직접 생산하고 만들어 썼다. 스스로 농사를 지어 먹어 본 사람들은 안다. 밥알 한 톨, 채소 이파리 하나라도 나와 긴밀한 관계를 맺은 땅의 선물이라는 것을. 그 시절에는 일상에서 누리는 작은 소품 하나에도 정성과 시간과 손길이 배어 있었다. 그렇다고 복잡하고 바쁜 현대사회에서 자급자족을 하며 살기도 어려운 일이다. 문제는 자연에서 멀어지면서 몸을 쓰는 방법과 생존의 본능도 잃어간다는 데 있다. 더 나아가 몸을 덜 쓸수록 행복하고 인간적인 삶을 누린다는 착각을 하고 산다.

엊그제 운동화를 세탁점에 맡기러 갔다. 쭈그려 앉아서 세탁을 할 만큼 허리가 회복되지 않아서라는 이유를 대긴 했지만 어쩐지 마음이 썩 편하지 않았다. 일상적으로 했던 소소한 일들이 이제는 자본주의의 체계 안으로 수렴됐다는 생각이 들어서였다.

예를 들면 예전에는 이랬다. 며칠을 벼르다 마침내 큰맘 먹고 운동화를 물에 담근다. 끈과 밑창을 분리해 빨고, 솔로 운동화를 박박 문질러 씻는다. 그리고 깨끗이 헹궈 햇볕에 내놓아 말린다. 바짝 마른 운동화에 밑창을 넣고 다시 끈을 끼운다. 그때 밀려오는 아늑하고 소소한 기쁨! 그런 소박한 흐뭇함 같은 것을 이제 분업화라는 이름으로 타인에게 미루며 살아간다. 타인의 노동에 기대는 것이 많을수록 우리는 점점 더 소비지향적인 삶을 살 수밖에 없는데 말이다.

며칠 뒤 깨끗하게 세탁된 운동화를 찾아왔다. 무척 간단한 일이었다.

운동화를 들고 나선다. 가게에 맡긴다.

값을 치르고 찾아 온다. 신발장에 넣는다.

그러나 운동화를 빠는 귀찮음과 수고를 누군가 대신 해 줬다

고 해서 그 시간에 내가 더 가치 있는 일을 한 건 아니었다. 빈자리에 행복이 채워지지도 않았다. 사람은 몸을 움직여 얻는 작은 성취에서 행복과 보람을 느끼는 본능이 있다. 몸을 덜 움직이는 대신 소비의 편리함을 잠깐 누렸을 뿐이다.

최근 200여 년 동안 인류는 몸을 움직여 시간을 들여야 하는 것들을 비효율적이라고 단정하고 이를 몰아내기 위해서 대대적인 산업 전쟁을 치러 왔다. 냉장고, 세탁기, 식기세척기, 청소기, 전자레인지, 전기오븐……. 이런 전자기기들이 생활을 한결 편하게 만든 것은 사실이다. 그러나 비효율적인 것들이 때로는 속박되지 않는 자유와 자립의 기쁨을 안겨 주는 인간적인 방식이라는 걸 잊어 간다는 게 문제이다.

최근에 귀농한 지인은 일주일에 두 번씩 농사법을 배우러 읍내로 나간다고 했다. 그 소식을 들은 또 다른 지인 하나가 탄식하며 말했다.

"어쩌다 농사가 배워야 하는 게 돼 버렸을까."

서울 번화가에 버젓이 농업 박물관이 있는 시대를 우리는 살고 있다. 예전에는 기본으로 알았던 것들을 이제는 애써 배워야 한다. 수공업적인 삶, 몸을 쓰는 삶을 먼 선사시대 즈음의 낙후된 문명으로 여기는 한, 우리는 이 질주하는 기차에서 계속 소외감과 어지러움에 비틀거리며 살아야 할 것이다.

간디는 생전에 '사랑하는 딸'이라는 뜻의 '사티아그라하 아쉬람'이라는 학교를 세웠다. 그 학교에서는 일반 과목과 함께 물레질, 농사일도 가르쳤다고 한다. 또 1년에 3개월은 도보 여행을 해야 했다. 이런 학교야말로 내가 다니고 싶고, 내 아이를 보내고 싶은 배움터이다.

예전에 어느 잡지에서 과학자가 자신을 소개하면서 '과학만 잘하는 사람'이 아니라 '과학도 잘하는 사람'이 되고 싶다고 쓴 걸 보고 감탄했던 기억이 있다. '회계도 잘하는 사람', '디자인도 잘하는 사람'이 되고 싶다는 말에는 스스로를 특정 분야의 일꾼으로 한정하지 않겠다는 여유와 자유로움이 깃들어 있다. 갈수록 분자화, 파편화돼 가는 삶에서 전체를 아우르는 시각을 지니고, 자신의 위치를 겸손하게 표현할 줄 아는 이는 매력이 넘친다. 미래의 어느 날 명함에 '요리에 관심 많은 건축가', '나무와 풀도 잘 아는 엔지니어' 식으로 자기를 표현한 이를 만나면 무척 반가울 것 같다.

실수와 더불어
살아가는 법

1844년 5월 3일, 미국의 지역 신문인 「콩코드 프리먼」에는 다음과 같은 기사가 실렸다.

산불―지난 주 화요일 오전 10시경, 이곳 페어 헤이븐 연못 근처 숲에서 산불이 발생했다. 불은 빠른 속도로 퍼져 오후 늦게까지 진압되지 않았다. 산불의 피해를 입은 지역에 대해서는 여러 가지 추산이 나왔는데, 아무리 적게 잡아도 300에이커 이상일 것이라고 한다.

그로부터 6년 뒤, 『월든』의 저자 헨리 데이비드 소로는 두 줄의 일기를 남긴다.

나는 산에 불을 낸 적이 있었다.

대단한 장관이었는데, 거기서 그 광경을 즐긴 사람은 나 혼자뿐이었다.

—1850년 6월

소로가 보스턴 근교 콩코드에 있는 월든 호수 숲에서 오두막을 짓고 산 것은 1845년 3월부터 1847년 9월까지이다. 산불이 일어난 것은 1844년 4월의 마지막 주였다. 그러니까 산불은 소로가 오두막에 살기 이전에 일어난 것이다.

사건의 내막은 이렇다. 1844년 봄, 소로는 친구 에드워드 셔먼 호어와 집 근처에서 보트 여행을 하고 있었다. 친구가 잠시 자리를 비운 사이, 소로는 불을 피워 피시 차우더 스프를 만들려고 했다. 그런데 그만 불똥이 옆으로 튀었고, 나중에는 걷잡을 수 없는 산불로 번지고 말았다. 1에이커는 약 1,200평쯤 되는데, 300에이커면 36만 평에 이르는 면적이다.

소로가 쓴 예지적인 책과 날카로운 혜안을 상찬하는 자료는 차고 넘친다. 그러나 소로가 젊은 날에 저지른 이 어마어마한 실수는 잘 알려지지 않은 편이다. 자연 예찬론자이면서 문명 비평가, 환경 운동가였던 소로의 명성과 어울리지 않는 실수라고 생각해서일까. 어쨌든 소로는 불을 낸 뒤 약 10개월이 지난 이듬해 3월부터 월든 호수가 바라보이는 숲 터에 방 한 칸짜리 오두막을 짓기 시작한다. 그리고 같은 해 7월 4일 미국 독립기념일에 입주해 살면서 독립적인 삶을 실험했다.

불을 낸 뒤 소로에게는 '숲을 태운 자Woods Burner'라는 비난이 따라다녔다고 한다. 왜 안 그렇겠는가. 콩코드는 소로의 고향이었다. 하버드를 졸업한 뒤 이런저런 직업을 전전하며 사는 것도 못마땅한데 고향 숲까지 홀라당 태웠다. 고향 사람들로서는 기가 찰 일이었다. 게다가 위의 일기를 보면 자책이라곤 없이 마치 로마 시내에 불을 지른 네로 황제처럼 불구경을 즐기기까지 했다. 영락없는 철부지 소년처럼. 그러나 사실은 소로 자신도 평생 그 죄의식에서 벗어나지 못했다고 한다.

존 핍킨이라는 미국 작가는 이 사실을 토대로 『우즈 버너』라는 흥미로운 소설을 썼다. 작가는 불타는 숲을 바라보는 소로의 심정을 이렇게 묘사한다.

솔직히 말해, 불과 불에 탄 것을 분리할 수만 있다면 그건 대단한 장관이다. 페어 헤이븐 힐 꼭대기에서 불이 휩쓸고 지나간 자리를 바라보는 헨리에게 든 생각이다. 끔찍한 소실 한가운데서도 찬양할 아름다움은 여전히 존재한다. 자연은 결코 낙담하지 않기 때문이다. (중략) 오늘을 만회할 방법을 찾을 수 있을지도 모른다는 생각에 그는 힘을 얻는다. 불은 경이로운 광경이며 자신이 일으킨 어마어마한 힘을 감상하는 사람이 혼자뿐이라는 사실이 유감스럽기까지 하다.

작가는 계속해서 흥미로운 가설을 제시한다. 소로가 월든 호숫가에 은둔한 것은 자신이 파괴한 자연에게 속죄하기 위해, 그리고 고향 사람들의 비난에서 벗어나기 위해서일지 모른다는 것이다. 정말일까? 그럴 수도 있겠다. 그게 사실이라면 소로는 용감한 사람이다. 고향을 떠나 먼 곳으로 가서 숨어 버릴 수도 있었다. 숲과 호수라면 콩코드 말고도 미국 전역에 널렸다. 그럼에도 과감하게 자신이 실수한 지점을 대면하며 지낸 것이다. 어쩌면 『월든』은 콩코드 숲 300에이커를 희생물로 바치고 탄생한 걸작인지도 모른다. 불은 깨끗이 태워 없애기도 하지만 불탄 자리에서 새 생명을 길러내기도 한다.

누구나 실수 없는 인생을 바란다. 실수가 이어져 실패가 되고, 마침내 어쩔 도리 없는 낙오자가 될까 봐 두려워한다. 소로의 산불 이야기를 한 것은 위대한 인물도 엄청난 실수를 저질렀지만, 그걸 딛고 일어서서 빛나는 성취를 얻었다고 말하기 위해서가 아니다.

오히려 반대이다. 실수는 피할 수 없다. 그것은 죽을 때까지 함께 하는 운명의 동료이다. 실수 때문에 값비싼 대가를 치렀다고 해서 먼 장래에 반드시 좋은 결과로 보상이 오는 것도 아니다. 피할 수 없는 인간 실존의 조건, 그중 하나가 실수이다.

한때 나도 돌이킬 수 없는 실수를 저질렀다고 생각한 적이 있었다. '돌이킬 수 없다'는 것은 어디까지나 내 생각일 뿐이었지만, 실제로 내가 느낀 중압감은 엄청났다. 밥맛도 없고, 사는 게 재미없고, 밤에 깊이 잠들지도 못했다. 아닌 게 아니라 그때는 나도 소로처럼 어디 깊은 곳으로 잠적해 버리고 싶었다. 호수가 보이는 곳이냐, 아니냐를 따질 여유조차 없었다. 칩거와 은둔, 그리고 속죄. 이 세 가지 낱말은 무척이나 달콤한 유혹이었다. 그때 나는 이런 말을 자주 들었다.

"그 일이 네게 무엇을 가르쳐 주려고 왔는지 생각해봐. 이유 없이 일어나는 일은 없어. 실수를 통해 배우면 돼. 그래서 같은 실수를 되풀이하지 않으면 되지. 처음에는 실수라고 하지만 두 번, 세 번 반복되면 그게 곧 너 자신이 된다."

고백하건대 실수보다 저 말이 더 무서웠다. '실수에서 뭔가를 배워야 한다.' 흔히 하는 말이다. 가뜩이나 실수의 무게 때문에 휘청거리는 상황에서 학습의 의무를 하나 더 얹어 주는 말이기도 하다.

나는 실수라는 명사에는 '배우다'라는 부담스러운 동사보다 '만나다'라는 동사가 더 어울린다고 생각한다. 우리는 실수를 통해 자신을 둘러싼 모든 것들과 만난다. 대부분의 실수는 몰라서 저지른다. 부주의 때문에 생긴다. 자신을 모르고, 자신과 타인의 욕망을 모르고, 자신이 언제든 실수할 수 있는 인간이라는 걸 간과한 결과 일어난다.

그리하여 우리는 실수를 통해 가장 먼저 자신과 만난다. 그리고 세상의 부조리한 욕망과 마주친다. 뼈아픈 마주침이다. 게다가 한 번 저지른 실수를 두 번 저지르지 않는다는 보장이 없다. 예측할 수도 없다. 심지어 자신과 타인을 잘 알아도 실수는 일어난다. 잘 안다고 착각하기 때문이다. 인생의 비극이 여기에 있다. 물론 실수의 패턴을 알아차리면 더 빨리, 그리고 적절하게 대응하는 방법을 체득할 수는 있다. 그러나 실수 없는 인생이란 로망일 뿐이다.

우리가 패배했다고, 잃었다고 생각하는 모든 것들을 뒤집으면 권리도 된다. 불완전한 인간이기에 가질 수 있는 권리이다. 그러므로 실수할 권리도 있다. 실패할 권리도 있다. 거기에서 딱히 뭔가를 배우지 않아도 괜찮다. 반드시 유익한 교훈을 찾아내야 한다면 그렇지 않아도 힘겨운 인생살이가 더 무거워지기만 할 뿐이다.

다만 소로처럼 멀리 도망가지 않고 자신을 직면할 용기는 있어야 한다. 직면하기 차마 괴롭고 힘들다면 버티면 된다. 때로는 버티는 것도 정면으로 직시하는 것 못지않게 용기가 필요한 일이다. 인간이기에 실수하거나 실패하는 것은 자연스러운 일이다. 그러니 실수로부터 도망치기 위해 애쓰지 않아도 된다. 그렇게 버티다 보면 배운다는 생각 없이 배우고, 만난다는 생각 없이도 보이는 것들 너머의 신비와 만나게 된다.

사랑받으려
애쓰지 않아도
괜찮다

　작가나 화가, 작곡가들은 저마다 선호하는 작업 환경이 있게 마련이다. 필요한 기획안을 써야 하거나, 프레젠테이션을 준비해야 하는 직장인도 그럴 것이다. 예전에는 자신의 나태함과 몸 상태만 잘 조절하면 그럭저럭 해 나갈 수 있었다. 그러나 지금은 수시로 정보에 접근할 수 있는 인터넷과 미디어 환경 덕에 극복하고 자제해야 할 부분이 몇 배로 늘어났다. 그래서 뭔가를 하려는 사람은 예전보다 훨씬 더 과감한 결단을 내려야 한다.

　게다가 나는 운 나쁘게도 주변 환경에 영향을 무척 잘 받는 유전자를 타고 났다. 그 유전자께서는 어려서 화장실 근처에 누가 서성거리기만 해도 제대로 일을 못 보는 것부터 자신의 존재감을 드러내더니 지금까지 맹활약 중이시다. 나는 작업할 때 조용한 곳에 혼자 있어야 된다. 그리고 휴대전화도, 인터넷도, 텔레비전도 정지시킨다. 예민하고 까다로운 타입이다.

물론 이런 작업 방식에도 장점은 있다. 고요한 일상이 주는 충만감을 마음껏 누릴 수 있다는 것이다. 생활이 단순해지고 고독해지면 마음의 작은 기척에서도 천둥 같은 울림을 느끼게 된다. 지금까지 맺어 왔던 관계도 돌아보게 된다. 그래서 작업을 마치고 일상으로 돌아올 무렵쯤에는 주위 인연들이 얼마나 소중한 존재인지 사무치게 느끼게 된다. 그래서 누구를 만나든, 어떤 경험을 하든 강렬한 기쁨과 생기를 얻는다. 마치 단식 후에 먹는 한 숟가락의 미음처럼.

언젠가 이런 방식으로 작업하는 도중에 시골에 계신 엄마에게 전화를 한 적이 있었다. 그새 엄마는 내 전화로 연락을 해 보셨던 모양이었다.

"연락이 안 돼서 또 일하나 보다 했다."

"미안……. 내가 워낙 까다롭게 일해서 매번 걱정하게 만드네."

이럴 때면 새삼 평범하지 못한 내 작업 방식이 유감스러워져 엄마가 앞에 있기라도 한 것처럼 머리를 조아리곤 한다. 그런데 엄마의 반응이 뜻밖이었다.

"아냐, 네가 집념이 강해서 그렇지."

집념이 아니라 의지박약이라는 말을 삼키고 내가 다시 한 번 자아비판을 하자 엄마는 힘주어 말했다.

"아니라니까. 집념이 강한 거야."

하, 이건 전혀 새로운 시각인데. 별난 짓도 꾸준히 하면 인정받는 건가? 나는 감동했다. 그리고 거짓말처럼 마음이 편해졌다. 그동안 내심 부담스럽게 생각했던 나의 일부분이 마술처럼 '샘'으로 변해 마음을 촉촉하게 적셔 왔다. 사랑받으려 굳이 애쓰지 않아도 있는 그대로 사랑해 주는 존재가 있다는 건 그처럼 힘이 셌다.

성인 발달 연구로 유명한 정신과 의사 조지 베일런트 박사는 『행복의 조건』이라는 책에서 말했다.

"때로는 직업적 안정을 이루는 과정이 '이기적'인 것처럼 보이기도 한다. 그러나 그런 '이기심'조차 없는 사람이라면 자아마저 상실하고 말 것이다."

아동만 발달을 거듭하는 게 아니다. 성인 발달 이론에 따르면 성인도 죽음에 이르기까지 성장과 쇠퇴를 계속해 나간다. 나는 말하자면 직업적 안정성을 이루는 단계에서 환경을 장악하고 관리하는 과정을 익히고 있었던 것이다. 사실 작업을 하자면 얼마간의 고독은 필수불가결한 요소이기도 했다. 엄마의 따뜻한 이해와 조지 베일런트 박사의 언급은 있는 그대로 나 자신을 받아들이는 데 많은 도움이 되었다.

'집념이 강해서 그렇다'는 엄마의 사려 깊은 해석을 듣고서야 내 마음 한 구석에 숨어 있던 어린아이 같은 심리를 알아차렸다. 하고 싶은 대로 다 하고 살면서 사랑도 받고 싶었던 것이다. 아이들은 타인의 애정과 지지를 확인해야 안심한다. 그러나 어른이 돼서도 삶의 중심이 '나'에서 '타자'로 넘어가서는 곤란하다. 타자 지향의 삶이란 변화무쌍한 타인의 평가와 기분에 자아의 주체성을 고스란히 넘겨주는 것이기 때문이다. 그러고도 진정한 행복을 바란다면 욕심일 것이다.

"사랑이란 슬픔 속에서도 의연하게 이해하고 미소 지을 수 있는 능력을 말한다."

헤르만 헤세가 한 말이다. 이 말을 떠올릴 때마다 집념이 강하다고 말해 준 엄마가 생각난다. 의연하게 이해한다는 것. 그건 상대의 모든 면이 마음에 들어서 포용한다는 말이 아니다. 자신 안에 상대를 있는 그대로 받아들일 수 있는 그릇이 있기에 의연할 수 있는 것이다. 그런 사람은 자기 자신의 못난 점도 가볍게 받아들여 끌어안을 수 있는 내적인 힘이 있다.

사실 돌이켜 보면 엄마뿐만 아니라 살면서 나는 사랑을 많이 받았다. 정작 절대적인 사랑이 필요한 시기인 어린 시절에는 험난한 가족사에 휘말리느라 충분한 사랑을 받은 기억이 별로 없다. 그러나 인간의 일생을 놓고 보면 주고받아야 할 사랑의 총량이 어느 정도 정해진 것인지도 모른다. 내 경우 머리가 굵어진 다음부터 사랑이 쏟아지기 시작했으니 말이다. 그 절묘한 균형 덕분에 나는 사랑의 까막눈에서 벗어나 인간과 인간 사이에 오가는 그 정답고 따뜻한 비밀의 화원 깊숙한 곳까지 들어가 볼 수 있었다. 생각해 보면 얼마나 다행스럽고 감사한 일인지.

그뿐인가. 깊이 모를 침체에 빠져 허우적댈 때도 지혜롭게 다독거려 주는 인연 덕분에 스스로를 미워하지 않을 수 있었다.

"넌 그럴 때마다 한 발씩 더 앞으로 나아갔어. 그러니까 더 좋아지려고, 더 나아지려고 그러는 거야."

아무리 비관적인 생각에 사로잡힌 순간이라도 그런 말을 들으면 힘을 내지 않을 수 없다. 그런 면에서 나는 운이 좋았다. 사람이 자신의 한계를 뛰어 넘어 반 발자국이라도 앞서갈 수 있는 힘의 원동력은 바로 그런 무조건적인 믿음, 자신의 모습을 그대로 인정받는 데 있다.

반면에 나는 어땠나. 철없던 시절에는 상대를 내가 옳다고 생각하는 방향으로 바꾸려는 헛된 시도 끝에 상처를 준 적이 많았다. 바꿀 수 있는 것은 오직 나 자신뿐이라는 것을 체득할 때까지 그 어리석음은 두고두고 날 괴롭혔다. 내 옹졸함과 편협함에 넌더리가 날 무렵, 한 친구 덕분에 간신히 자괴감에서 빠져나올 수 있었다. 친구 하나가 인간관계에서 오는 갈등을 겪느라 힘들어할 때 내가 어줍잖게 몇 마디 한 적이 있었다. 내 말을 듣더니 친구가 말했다.

"와, 넌 인간 정수기구나. 너한테 가면 필터로 거른 것처럼 상대의 선의만 쏙 뽑혀 나오네. 네 말을 들으니까 마음이 편해지고, 그 일이 다르게 보인다."

선의만 뽑는다는 말은 어쩌면 오해나 왜곡의 가능성까지 포함한 해석의 문제일 수 있다. 하지만 나는 그 말을 칭찬으로 받아들였다. 이것도 선의만 추출한 주관적인 해석일 수 있겠지만 말이다. 부디 제삼자의 일뿐만 아니라 내게 일어나는 일에도 이 필터가 잘 작동해야 할 텐데. 내 머리에 오물 바가지를 뒤집어 씌워도 깨끗이 걸러 안심하고 마실 수 있는 물을 뽑아내는 정수기처럼.

우리는 사람을 그 사람 자체로 보는 것에서 너무나 멀리 떨어진 채 살아가고 있다. 장사하는 사람은 사람을 돈으로 본다. 사람이 사람으로 보이지 않는다. 정치인에게 사람은 자신에게 한 표를 행사할 수 있는 유권자다. 아니면 민원을 청탁하는 사람, 후원을 기대할 수 있는 사람이거나. 기업인에게는 소비자로 보인다. 우리는 알게 모르게 돈이라는 콩깍지, 권력이라는 콩깍지에 눈을 가린 채 살아간다. 그러면서 괴롭다고 아우성을 친다. 우리가 가진 괴로움의 대부분은 사람을 사람으로 보지 못할 때 찾아오게 마련이건만.

나도 마찬가지였다. 나만의 콩깍지를 눈에 안대처럼 붙여 놓고, 왜 아무것도 안 보이느냐고 불평하기 일쑤였다. 오랜 날이 지나서야 나는 상대를 있는 그대로 사랑하는 연습을 의식적으로나마 하게 됐다. 그리고 굳이 사랑받으려 애쓰지 않으면 편해진다는 것을 체득하게 됐다. 그렇지 않으면 괴로운 사람은 결국 나 자신이니까.

예전에는 '나는 여름이 가장 싫어' 하는 대신 '나는 사계절 중 여름을 네 번째로 좋아해' 라고 말하는 사람을 편애했다. 같은 말이라도 저렇듯 예쁘게 하면 얼마나 듣기 좋은지. 그러나 역시 뜻은 똑같다. '여름이 가장 싫다'고 직설적으로 말하는 사람은 화통하고 솔직해서 좋고, '여름을 네 번째로 좋아한다'고 하는 이는 은근하고 따사로운 심성이 엿보여서 좋다.

장래 희망을 '바쁘지 않은 사람'이라고 쓰는 아이를 보면 깨물고 싶도록 귀여워했다. 어린 나이에 인생의 속사정을 어찌 알고…… 신통방통해 하며 감탄했다. '사람이 안 사는 곳에 음식점을 차려 셰프가 되고 싶다'는 아이는 엉뚱하고 기특하다. 그 음식점은 아는 사람만 찾아올 수 있도록 내비게이션에도 나오지 않아야 한다나. 그렇다고 '소방관, 의사, 선생님, 축구선수' 혹은 '그때그때 달라요'라고 쓴 아이들이 덜 귀여울 리는 없다. 모두들 제 몫의 아름다움을 타고 나서 심중에 그 꽃봉오리를 품고 있는 아이들이다.

"당신에게 이런 귀한 사랑을 받다니…… 나 자신을 더 소중히 여겨야겠어."

살면서 한 번쯤 이런 말을 누군가에게서 듣는다면 마냥 헛된 삶만은 아닐 것이다.

언젠가
살아본 것 같은 날이라도

내 즐거움 가운데 하나는

직장인들의 출근 시간보다 이른 아침 6시 30분쯤 집에서 나와

지하철역까지 걸어가는 거다.

열대의 나라를 여행할 때 그랬듯이

해가 정수리 위로 솟아오르기 전에 하는 반짝 산책.

그 시간이 말할 수 없는 위로가 돼 준다.

어제는 천변에서 헤엄치는 오리떼를 만났고,

오늘은 개만 한 고양이를 봤다.

하얀 바탕에 노란 줄무늬가 있는 평범한 고양이였다.

우리는 한참 동안 꼼짝 않고 마주한 채 서로 먼저 가시라고 길을

양보했다.

아직 대지와 공기가 여름 햇빛에 달궈지기 전,

청량하고 순한 아침

24시간 영업하는 패스트푸드점에 들어간다.

밍밍한 커피를 몇 모금 담담히 마시노라면

이른 출근을 하는 사람들로 서서히 거리가 분주해진다.

나는 언젠가 이런 생을 살아 봤던 것만 같다.

주류의 흐름에서 살짝 비껴나

그들보다 조금 일찍 또는 조금 늦게

길가가 훤히 보이는 가게에서 커피 마시기.

그 어떤 열띤 사랑도 함께 가 줄 수 없는

내 안의 깊은 고요와 혼란, 그저 존재하는 것들의 기척에 다가가기.

개만 한 고양이를 보고 감탄하거나 두려워하기.

언젠가 살아 봤던 것 같은 인생이라도

매번 새롭게 깜짝깜짝 놀라 주는 나는, 우리는

얼마나 배려 깊고 착한 인생이라는 게임의 참가자인가.

이제는 집에 돌아가 아침을 먹고 뭔가를 쓸 차례이다.

어제 먹었던 밥상 그대로의 아침일지언정

지나가는 말로라도 "지겹다" 말하지 않기를,

발랄함 속에 경건함도 '원 플러스 원'으로 함께 묶기를.
그리고 내일은 다른 길로 걸어 보는 거다.

3장

어제의 나와 결별하는 시간

한없이 지루했던 시절이
가장 기억에 남는 이유

인도네시아에는 수많은 섬이 있다. 이름난 휴양지부터 지도에도 나오지 않는 작은 무인도까지, 마치 고원지대에 뜬 별처럼 고루 흩뿌려져 있다. 지금부터 하려는 이야기의 무대는 소수의 여행자만 찾아간다는 아주 작은 섬이다.

여행자들은 두 종류로 나뉜다. 자신이 떠나온 세계의 가치관을 여권처럼 속주머니 깊숙한 곳에 간직하며 끊임없이 세상과 연결점을 찾으려 애쓰는 사람. 여행을 통해 잠깐 세상과 접속을 끊고 자신 속으로 침잠해 새로운 길을 모색하려는 사람. 둘 사이에 우열은 나눌 필요가 없다. 다만 취향과 가치관의 차이가 있을 뿐이다. 후자에 속하는 여행자들은 떠들썩한 관광지보다 인적이 드물고 평화로운 곳을 선호한다. 어딘가에 그런 곳이 있다는 풍문이 들리면 집요한 열정을 발휘해 그곳에 가고야 만다.

그 섬은 방랑자와 아무것도 하지 않으려는 사람들 사이에서 소문이 짜한 곳이었다. 섬에는 최소한의 시설을 갖춘 숙소도, 가게도 없다고 했다. 식량과 물을 가지고 들어가 텐트를 치고, 열대의 모기와 싸우며 잠들어야 한다. 다만 그 모든 불편을 보상하고 남을 만큼, 그야말로 혼이 쏙 빠지도록 아름답고 평화롭다는 것이 다녀온 사람들의 간증이었다.

한 여행자가 배를 빌려 그 섬에 들어가기로 했다. 관광지로 유명한 큰 섬에서 출발해 두어 시간 동안 비취색 바다를 헤치고 달려가야 그 작은 섬이 나왔다. 배가 섬에 도착했을 때였다. 뱃머리에서 섬과 해변을 살피던 여행자의 눈에 이상한 장면이 잡혔다. 서양인 남자 세 명이 해변에 주르르 앉아서 그가 도착하는 걸 뚫어져라 지켜보고 있는 게 아닌가. 대체로 여행자들끼리는, 특히나 개인적인 성향이 강한 서양인 여행자들은 다른 사람을 향해 드러내 놓고 관심을 보이지 않는다. 그런데 그들은 달랐다. 짐을 내리고 배가 떠나도록 그의 동작 하나하나마다 끈질긴 시선이 따라다녔다. 마치 호기심 많은 인도인들처럼. 그렇다고 다가와서 말을 걸지도 않았다.

섬은 아주 작아서 2시간이면 전체를 둘러볼 수 있었다. 고운 모래가 깔린 해변 너머로 아름다운 비취색 바다가 눈부시게 빛났다. 바닷물에 발을 담그면 발밑까지 훤히 보였다. 그는 큰 나무 아래 텐트를 치고, 짐을 풀었다. 그때쯤 다른 여행자들은 그에게서 관심을 거두고 뿔뿔이 흩어지고 없었다.

섬에 갓 도착한 신참 여행자는 수영을 하다가 야자수 아래에서 잠이 들었다. 배가 고프면 물을 끓여 통조림 음식을 데워 먹었고, 인도네시아산 커피를 내려 마셨다. 얼음과 시원한 음료수가 없는 게 흠이었지만, 그쯤이야 이 섬이 주는 독특한 고요와 평화의 기운에 비하면 견딜 만한 것이었다. 나무 사이에 매달아놓은 해먹에 누워 천천히 흘러가는 구름을 바라봤다. 때로는 책을 읽었고, 때로는 음악을 들었다. 천국이 따로 없었다.

"사흘째 되는 날까지는 그랬어요."

그가 말했다. 사흘이 지나자 그도 해변에 나가 앉아 있기 시작했다. 이제 해변에 망부석처럼 앉아 있는 사람은 네 명으로 늘었다. 며칠 뒤 그가 전에 그랬던 것처럼 신참 여행자를 실은 배가 멀리서 오는 모습이 보였다. 설렘이 일었다. 마치 구조를 기다리는 난파선의 선원처럼 가슴이 뛰었다. 배는 속력을 줄이고 천천히 다가오더니 여행자 한 사람을 내려놓고 떠나갔다.

그는 여행자들이 왜 그렇게 모래사장에 앉아 신참 여행자를 바라봤는지 알 것 같았다. 그 섬에서는 그게 가장 큰 사건이었던 것이다. 그가 처음 도착하는 날 그랬듯이 신참 여행자는 해변에 줄지어 앉은 사람들의 노골적인 눈길을 부담스러워했다.

"며칠 지나서 어떻게 됐게요?"

어떻게 되긴. 사람들의 눈길을 부담스러워하던 그 여행자도 해변에 같이 앉아서 배를 기다렸다는 얘기다. 해가 지기 전에 큰 섬으로 돌아가야 하기에 배가 도착하는 시간은 대체로 정해져 있었다. 그래서 그 시간이 다 돼도 수평선 끝에 아무런 흔적이 나타나지 않으면 그날은 새로운 방문객이 없다는 얘기였다. 그런 날이면 나란히 앉은 다섯 명의 여행자들은 허전한 손놀림으로 엉덩이에 붙은 모래를 털고 각자의 텐트로 흩어졌다.

그렇게 누군가가 도착하기를 열렬하게 기다려 본 적이 있었던가. 아침이면 열대숲에서 새가 울고, 바다는 커다란 대야에 담긴 물처럼 고요하게 출렁인다. 아직 해가 뜨거워지기 전에 생계형 낚시를 하는 이도 있다. 서쪽 바다에 잠기는 커다란 태양을 보며 두고 온 이들을 생각하기도 한다. 이루 말할 수 없이 안온하고 느리게 흘러가는 나날이었다.

그러나 평화란 때로 지루함과 동의어이기도 했다. 아무리 천국 같은 곳에 있다 해도 자극을 갈구하는 것이 인간이다. 때가 되면 여행자들은 약속하지 않아도 해변에 하나 둘 나타났다. 그리고 작은 배와 새로 도착할 여행자를 기다렸다. 그리고 그 배를 타고 누군가는 섬을 떠났다. 그 섬에서 유일하게 다른 사람과 연결된 행위라고는 한 척의 배를 기다리는 일밖에 없었다.

"살아오면서 그보다 더 심심한 날이 없었죠. 그런데 그 지루하고 한없이 느리게 흘러가던 시간들이 그 어떤 관광 명소보다 더 오래 기억에 남아 있어요."

태국의 카오산 로드에서 만난 어느 여행자가 들려 준 이야기이다. 나도 언젠가는 그 섬에 가 보려고 섬 이름을 물어서 외우고 있었는데, 세월에 지워져 지금은 기억나지 않는다. 그래서 이름 모를 그 섬은 내 기억 속에서 심심함의 성지로 남아 있다.

"사는 게 참 지루하다……."

예전에 나는 이따금 허무주의에 사로잡혀 이 말을 입에 올리곤 했다. 이상은 멀고, 일상은 따분하고, 세상의 소란에 지칠 때 나도 모르게 흘러나오는 말이었다. 어쩌다 부주의하게 인생 선배 앞에서 이런 말을 흘릴 때면 미처 주워 담을 틈도 없이 철없는 소리라는 꾸지람이 날아들곤 했다. 삶은 엄숙하고 소중한 것이라고 여겼기에 우리에게 주어진 시간을 무의미하거나 권태롭게 생각하는 것은 부도덕한 일로 간주했다. 아주 허물없는 사이가 아니고서는 드러내 놓고 말하기 어려운 것이 바로 이 '지루함' 또는 '심심함'이라는 말이었다.

나는 많은 날들을 참으로 심심하게 보냈다. 굳이 인도네시아의 그 작은 섬에 찾아가지 않아도 될 정도로 이미 그런 날들을 보내 봤다. 심심함에 관해서라면, 무위의 나날을 보내는 방법에 대해서라면 나도 꽤나 재능이 있는 편이다. 그러나 그 재능에 대해 이 근면 제일의 사회가 어떤 편견을 지니고 있는지 알기에 드러내 놓고 자랑해 본 적은 없다.

그러나 심심함이 없었다면, 지루하게 흘러간다고 여기는 날들이 없었다면 인류 문명은 여기까지 이르지 못했을 것이다. 처

음으로 동굴에 벽화를 남긴 인류의 조상도 비가 와서 사냥을 나
가지 못했거나, 신체의 장애로 혼자 남겨진 나머지 지루해서 벽
을 팠을 것이다. 실학자 정약용은 18년의 지루한 유배 생활 동안
수백 권의 저서를 남겼다. 뮌헨의 예술가인 한스외르크 포트는
모로코 사막에 '오리온 도시'를 세워 20년의 겨울을 그곳에서 보
냈다고 한다. 팝 가수 케이트 부시는 쇼 비즈니스계의 은자로 불
린다. 그녀는 바크셔 근처 템즈 강의 한 섬에 수 년 동안 칩거한
뒤 2005년 '에어리얼Aerial'이란 앨범을 발표했다. 침묵과 은거, 내
면을 향한 잔잔한 응시, 그리고 심심함은 예술가들의 활동에 많
은 영감을 주는 근원이다.

중국의 소설가 왕멍은 어떤 일을 하지 않는 것을 가리켜 '저
조원칙低調原則'이라고 이름 붙였다. 그의 인생철학을 담은 책『나
는 학생이다』에 나오는 말이다.

'저조'란 진보하려 하지 않는 것, 그럭저럭 지낸다는 뜻이 아니
다. 저조라 해서 근근이 현상을 유지하는 것이 아니며, 아첨하
거나 투항하는 것이 아니다. 세월을 허송하는 것도 아니며, 재
능을 감춘 채 자신에게만 충실한 것도 아니다. 부정할 것을 부
정하며, 사람이 지켜야 할 최저 기본선을 지키는 것, 그게 바로
저조원칙이다.

겉으로 보기에 허송세월하는 것처럼 보이는 지루한 나날을 보내 본 사람만이 할 수 있는 말이다. 그는 베이징에서 수천 킬로 떨어진 신장 자치구에 유배되어 살던 16년 동안 이 저조원칙을 지키며 살았다. 부정할 것을 부정하며, 사람이 지켜야 할 최저 기본선을 지키며 살아가노라면 지루한 세월 속에 진정한 자신이 될 씨앗이 싹을 틔운다는 것을 그는 삶으로 증명해 보였다.

심심한 시간은 무엇인가를 우격다짐으로 채워 넣는 것이 아니라 끊임없이 비우고 또 비워 내는 고독한 순간이다. 사회가 강권하는 통념을 의심해 보고, 승자 독식주의가 자아내는 쓸쓸함을 비우고, 무엇을 해야 좋을지 모르겠는 막막함마저 비우는 시간. 우리의 가슴을 뛰게 하는 가장 독창적이고 개성적인 것들은 바로 그 지루한 시간들을 거친 뒤에야 나온다. 그러니 누군가 "사는 게 참 지루하다"라고 할 때 공연한 걱정으로 가슴을 쓸어내리거나 한심스럽게 여기기 전에 이렇게 말해 보는 건 어떨까.

"우리에겐 심심할 권리, 빈둥거릴 권리가 있어. 그 지루함을 한번 끝까지 파고들어 보는 것도 괜찮아. 지루함 속에 살맛나게 하는 것들이 보석처럼 숨어 있기도 하니까."

아침에 눈 떠서 잠자리에 들기까지 우리는 수많은 광고를 보
고 산다. 텔레비전, 라디오, 인터넷 검색창, 스마트폰, 거리의 간
판, 버스와 지하철의 광고판, 골목골목을 누비는 트럭의 마이크
방송까지, 하루 종일 광고를 접하지 않고 살기란 어려운 노릇이
다. 광고는 우리의 시각과 청각, 후각, 촉각을 파고들며 하루 종
일 오감을 들쑤셔댄다.

일본의 한 여론조사에 따르면 국민 한 사람당 평균 텔레비전
시청 시간은 3시간 45분이라고 한다. 우리나라의 경우 한 시청
률 조사 기관에 따르면 하루 평균 텔레비전 시청 시간은 2시간
57분이었다. 주말에는 무려 8시간 55분에 이르렀다. 평균 수명
을 80세로 잡았을 때 광고를 보는 시간만 따로 계산하면 약 1년
11개월쯤 된다. 인터넷에서 광고를 보는 시간은 포함하지 않은
것이다.

친구 중에 쇼핑의 고수가 있다. 한 번은 평소 염두에 뒀던 물건을 사기 직전에 친구에게 전화를 건 적이 있었다.

"내가 한번 알아볼게. 잠깐만 기다려 봐."

고수가 기다리라고 하면 얌전히 기다리는 게 신상에 이롭다는 걸 경험으로 터득한 나는 느긋하게 기다렸다. 얼마 뒤 드디어 고수에게서 연락이 왔다.

"○○사이트에 가 봐. 할인 쿠폰, 카드 청구 할인, 마일리지 즉시 할인을 적용하면 거기가 가장 싸다."

친구가 말한 사이트로 가 봤다. 내가 찾아낸 최저가보다 몇만 원이 더 쌌다. 고수의 세계란 그런 것이다. 나는 감탄을 금치 못하는 한편, 이 친구가 가격 비교 사이트에도 뜨지 않는 최저가를 찾아내는 경지에 이르기까지 얼마나 많은 시간을 인터넷 쇼핑에 투자했을지 짐작조차 가지 않았다. 우연한 기회에 이 친구가 이메일을 확인하는 과정을 본 적이 있는데 메일함에 수백 통의 광고 메일이 와 있었다. 그 상황을 목격했다면 누구라도 나처럼 말했을 것이다.

"왜 스팸 등록을 하지 않았어?"

"가끔 할인 쿠폰이 오는 경우가 있거든. 조건 좋은 상품을 한정 판매하면 알려 주기도 하고. 한동안 바빠서 정리를 못 했더니 많이 쌓였네."

그러니까 친구는 일부러 스팸 처리를 하지 않고 쏟아지는 광고 메일을 다 받고 있었던 것이다. 간혹 끼어 있는 할인 쿠폰과 한정 상품 정보를 위해서.

마트나 특정 브랜드의 포인트 적립 카드가 있는가?
소셜 커머스 사이트에서 물건을 사는 게 재밌고, 신종 플루가 유행할 때 손 소독제를 산 적이 있는가?
유기농, 친환경 제품을 사면 좋은 일을 한 것 같다는 느낌이 든 적이 있는가?
그렇다면 이미 당신은 기업 마케팅의 마수에 걸려든 것이다.

『누가 내 지갑을 조종하는가』의 저자 마틴 린드스트롬이 한 말이다. 인터넷에는 몇 천 원의 할인 쿠폰을 주는 대신 개인 정보를 알려 달라는 팝업 창이 하루에도 몇 번씩 뜬다. 할인 쿠폰을 받으려고 시간을 들여 회원 가입을 하고 적립 카드를 만드는 경우는 또 얼마나 많은지. 우리는 이미 광고 마케팅의 세계에 깊숙이 발을 들여놓고 있다.

마틴 린드스트롬은 스스로 브랜드 소비에서 얼마나 자유로울 수 있는지 알아보기 위해 1년 동안 브랜드 제품을 하나도 사지 않고 살아 보겠다고 결심했다. 옷이나 휴대전화 등 이미 가지고 있는 브랜드 제품은 쓰되 새로 물건을 사지는 않는다는 조건이었다. 그리고 여기에 '브랜드 해독 프로젝트'라는 이름을 붙였다. 마케팅과 광고에서 한시도 벗어날 수 없는 현대인이 과연 이 프로젝트에 성공할 수 있을까?

처음 몇 달 동안은 순조로웠다. 아침에 시리얼 대신 사과를 먹고, 면도 크림이 떨어져서 샤워할 때만 면도를 하고, 감기 기운이 들 때면 비타민C 대신 오렌지 주스를 마셨다. 외국으로 출장을 갈 때면 입맛이 안 맞을 경우를 대비해 인스턴트 면을 챙겨 갔지만, 프로젝트 기간에는 어떤 현지 음식이든 그냥 먹었다.

책이나 잡지, 신문도 사 보지 않았다. 이것들 역시 자신이 누구인지, 그리고 어떤 사람으로 인정받고 싶은지를 세상에 알리는 일종의 브랜드라고 생각했기 때문이다. 14시간 동안 비행기를 타야 할 때도 지루함을 꾹 참았고, 친구들이 흥미로운 기사나 따끈따끈한 소설에 관해 떠들어도 듣기만 했다.

이쯤 되면 브랜드에서 벗어나려는 그의 노력이 얼마나 필사적이었는지 짐작이 갈 것이다. 브랜드를 소비하면 안 되므로 친구들과 어울리기 힘들어지고, 생일날 마음 놓고 선물을 사 줄 수도 없는 처지가 되다 보니 구두쇠로 오해받을까 전전긍긍하길 6개월. 마틴은 마침내 더 이상 저항하기를 포기하고 백기를 들고 만다. 이 실험을 통해 그는 기업들이 사람의 욕망을 자극하고 지갑을 열도록 조종하는 데 탁월한 사냥꾼임을 인정하지 않을 수 없었다.

그는 이 책을 쓰기 전까지만 해도 현장에서 커리어를 쌓은 마케팅의 고수였다. 그런 그가 내부 고발자의 심정으로 털어놓은 마케팅 기법들은 온갖 과학적 데이터와 소비 심리학을 동원한 거대한 제국이었다. 쇼핑할 때 고객의 시선이 어디를 향하는지 추적해 최적의 장소에 진열하고, 과거의 향수를 자극해 빈티지 트렌드를 만들고, 식품 매장에서 일부러 달콤한 냄새를 피우고, 공포를 자극해 건강 염려증을 북돋우고, 이 제품을 사면 이성에게 더 성적인 매력을 줄 거라고 설득한다. 이런 집요한 자극에서 자유롭기란 쉽지 않은 일이다.

2008년 영국의 리즈 대학에서 재밌는 실험을 했다. 연구 팀은 피실험자 그룹에게 넓은 실내에서 아무런 목적 없이, 그리고 다른 사람들과 말이나 제스처를 주고받지 말고 그냥 걸어 보라고 주문했다. 그런데 사실 연구 팀은 사전에 일부 피실험자들에게 어느 방향으로 걸어야 하는지 세부적인 지시를 내려 주었다. 결과는 어땠을까? 모든 사람들이 이미 자신의 방향을 알고 있는 몇몇 사람을 무의식적으로 따라갔다. 인간도 양이나 새처럼 소수의 개인을 무의식적으로 따라가면서 무리를 형성한다는 사실을 보여 준 것이다. 이 연구 팀이 내린 결론은 이렇다.

'정보를 지닌 개인'이 단 5퍼센트만 있어도 200명에 이르는 군중들의 방향에 영향을 줄 수 있다. 나머지 95퍼센트는 자기 자신도 모르는 사이에 그냥 무리를 따라간다.

사람은 본능적으로 자신이 원하는 것을 다른 사람들이 더 잘 알고 있을 것이라고 생각한다는 얘기이다. 심리학자들은 이러한 심리를 '동료 압박'이라고 표현한다. 어떻게든 매출을 올려야 하는 기업이 이 심리를 이용하지 않을 리 없다. 호피 무늬가 유행하면 스카프, 옷, 신발까지 거리에는 온통 야성이 넘친다. 유명 셰프가 광고하는 라면이 뜨면 마트에서 한 번쯤은 그 라면을 카트에 담게 된다. 예전에 중·고등학생들의 제2의 교복 역할을 했던 등산 점퍼도 동료 압박의 좋은 예이다.

광고에서 자유로울 권리를 과연 살아생전에 누려 볼 수 있을까. 갑자기 사람들이 브랜드 상품을 외면하고 아무것도 사지 않는다면 소비를 중심으로 돌아가는 자본주의 경제는 심각한 위기를 겪을 것이다. 그러나 결코 그런 세상이 올 리 없다. 우리보다 몇 단계 위에서 심리를 읽고 세심하게 욕망을 자극하는 마케터들이 날로 진화하고 있으니 말이다.

아무리 사고, 적립하고, 소비해도 인간의 욕망은 만족을 모른다. 다만 욕망이 떠오를 때, 무엇인가 부족한 것 같아 근질근질해질 때, 그 순간 깨어서 똑바로 욕망을 바라보는 수밖에 없다. 생명 유지에 절대적으로 필요한 것이 아닌 이상, 대부분의 욕망은 진지하게 바라봐 주면 사랑을 갈망하는 수줍은 소녀처럼 유순해진다.

나 역시 기업 마케팅의 품안으로 뛰어든 충실한 소비자임을

뼈저리게 느낄 때면 일본의 생태주의 환경 운동가였던 야마오
산세이의 시 '식빵의 노래 - 아들에게'를 읽는다.

너도 잘 알고 있듯이
우리 집에서는 좀처럼 식빵을 먹지 않는다
가끔 식빵을 먹는 것은 아픈 사람이 생겼다거나
준코가 열병처럼 식빵을 먹고 싶어 할 때라든가
예기치 못한 돈이 들어 왔을 때다
식빵이 한 봉지 있으면 우리는 그것만으로도 대단히 행복하다
준코는 식빵을 대단히 좋아하고 너도 식빵을 무척 좋아한다
지로도 식빵을 좋아하고, 라마도, 요가도, 라가도
식빵을 무척 좋아한다
미치토도 좋아하고 나 또한 식빵을 좋아한다.
그런데 타이로
너는 스무 살을 눈앞에 두고 이 집을 나가 이 섬을 떠나
도쿄로 간다
도쿄라는 곳은 식빵 따위는 흔한 음식으로
식탁 위에 한 조각의 식빵이 놓여 있어도
그것을 초라한 음식으로, 때로는 하찮게 여기기조차 하는 곳
이다

어쩌다 식빵 한 봉지만 사도 온 가족이 열광하며 기뻐하는 소
박한 세계가 여기에 있다. 광고와 대량 소비에서 자유로워질 때
더 순박하고 단순한 기쁨을 주는 세계가 열린다는 것을 야마오
산세이는 잘 알고 있었다.

광고에 흔들리고 지름신이 강림할 때마다 생각한다. 어차피
저 제품을 사도 끝내 우리는 또 외로워질 것이고, 또 다른 행복
을 갈구하게 될 것임을.

그러나 정말 오랫동안 갖고 싶었던 뭔가가 있고 감당할 만하
다면 한 번쯤 확 저지르는 것까지 억압할 필요는 없다. 집착하지
않는다고 해서 세상이 제공하는 좋은 것을 누리지 말아야 한다
는 뜻은 아니니까. 세상 한가운데에서 수도자처럼 살기는 애당
초 쉽지 않은 일. 마음에 걸림 없이 살아 보는 거다. 다만, 소비
가 주는 일시적인 만족감, 광고가 주는 애달픈 찰나의 환상은
거리를 두고 지켜볼 일이다. 중요한 것은 어디까지나 내 자유 의
지로 행복을 찾아가는 것이니까.

당신이
나와 같지 않아서
다행이다

1월의 나무들은 겸허하고 홀가분한 자세로
다음 생을 준비하고 있다.
잎을 다 떨어뜨리고 뼈대만 남은 모습이지만
결코 초라해 보이지 않는 것은
저 메마른 가지 속을 담담하게 흐르고 있을 수액 때문이리라.
그 물기가 언젠가는 연둣빛 잎과 꽃을 밀어내리란 걸
알기 때문이다.
온힘을 다해 낙엽을 밟아 본 적이 있다.
살짝 밟기만 해도 바스라질 것 같은데,
실제로 밟아 보면 그렇지 않다.
체중을 실어 힘껏 밟은 뒤 발을 치워 보면
낙엽은 의외로 멀쩡하다.
자기들끼리 서로 쿠션이 되어 충격을 흡수해 줘서 그럴까.

그럴 수도 있겠지.

그보다는 나뭇잎이 아직 완전히 마르지 않았기 때문은 아닐까.

나뭇잎 속에 남아 있는 최소한의 습기가

존재의 완전한 바스라짐을 막아 주고 있는 것은 아닐까.

생각이 여기에 미치자 가슴을 타고 뜨거운 물 자국이 지나가는 것 같았다.

저 낙엽은 말해 주는 것 같다.

아주 작은 희망만 있어도,

마음속에 작은 물기를 간직해 아주 메마르지만 않아도

산산이 부서지진 않는다고…… 그러니 견뎌내라고.

과학자들이 쥐를 이용해 생존력 측정 실험을 한 적이 있다고 한다.

두 곳의 조건을 서로 다르게 만들어 놓고 각각 쥐를 넣었다.

한 곳은 완전히 깜깜하게 만든 뒤 큰 통에 물을 가득 담아 놓고, 쥐 한 마리를 빠뜨렸다. 그리고 익사하기까지 시간을 쟀는데 3분 이상을 넘지 못했단다.

다른 곳의 쥐에게는 빛을 완전히 차단하지 않고 한 줄기 빛을 비춰 주었다. 그랬더니 그 쥐는 36시간이나 살아 있었다. 깜깜한 곳에 있던 쥐보다 700배나 오래 버틴 것이다.

사람은 음식 없이 40일, 물 없이 4일, 공기 없이는 4분을 버틸 수 있다.

하지만 희망 없이는 단 4분도 견디지 못한다는 게 이 실험이 전하는 메시지이다.

(이 실험이 생명을 잔혹하게 다룬 것에 대해선 잠시 논외로 한다. 인간의 이익을 위해, 좀 더 고상하게는 이 실험처럼 희망의 효용성을 측정하기 위해 운명을 달리한 쥐들의 명복을 빈다.)

단 한 줄기의 빛, 단 몇 밀리미터의 물기만 있어도
어려운 시절을 넘길 수 있다.
터무니없이 깊은 나락 속으로 추락하려 할 때
부디 이 사실을 기억하길 나는 바라고 또 바란다.

내가 운영하는 블로그에 이 글을 올릴 당시 제목은 '낙엽은 의외로 쉽게 부서지지 않는다'였다. 공원과 동네 뒷산에서 낙엽을 밟으며 떠오른 단상을 쓴 것이다. 조그만 불운의 기척에도 쥐 며느리처럼 오그라드는 소심한 나 자신에게 보내는 응원이었다. 그러나 의외로 많은 분들이 공감하고 댓글을 달아 주었다. 딱 한 사람의 방문자만 빼고. 그이의 댓글을 여기 옮겨 본다.

"저기요…… 분위기 깨는 말씀 드려서 죄송한데요. 요즘, 여기저기 농약을 뿌려대는 통에 미생물과 작은 벌레들이 너무 많이 죽어서, 낙엽이 썩지 않는다는 말을 들은 적이 있어요. 그래서 어지간한 산속이 아니고서는 벌들도 다 죽고 양봉도 힘들다고 하네요. 나무 의사인 딱따구리도 환경오염으로 거의 멸종하다시피 하고요. 소나무 에이즈라 불리는 재선충이 생기면 헬리콥터를 동원해서 약을 뿌려대죠. 그러니 낙엽이 생생히 견뎌내는 것도 인재라는 측면에서 보면 섬뜩한 현상입니다. 감히 작가님의 사색적인 글에 이런 '태클'성 댓글을 올린 점, 심심한 사과의 말씀을 올립니다."

이 댓글을 보고 웃음이 나오면서도 낭만에 치우치고 자의적이었던 내 시각을 반성하지 않을 수 없었다. 정작 댓글을 쓴 당사자는 내 글을 읽고 모두들 힘을 얻고 공감하는 분위기인데 자신이 찬물을 끼얹은 것 같다며 나중에 비밀 댓글로 바꿔 버렸지만 말이다. 비밀 댓글은 블로그 주인과 당사자만 볼 수 있다. 그럼에도 여기에 공개하는 것은 나의 허약한 세계 인식을 일깨워준 고마움을 잊지 않기 위해서이다.

힘껏 밟아도 낙엽이 바스라지지 않는 것에서 희망을 볼 수도 있다. 그것은 내 나름대로 소박하고 서정적인 정서로 본 세계였다. 이렇게 봤다고 해서 완전히 잘못된 시각이라고 단정할 수 없다는 것도 안다.

그러나 여기에 또 하나의 진실이 있다. 헬리콥터를 동원해 대량으로 농약을 뿌린 나머지 낙엽이 부서지거나 썩지 않는 것일지도 모른다. 자연의 질서가 파괴돼 가는 현장에서 낙엽이 생생히 견뎌 내는 것을 보고 억센 생명력을 찬미만 한다는 것은 생태계가 겪고 있는 재난을 놓친 시각이었다. 사실 블로그에 글을 쓸 때는 미처 몰랐던 사실이지만 어쨌든 내 불찰이다.

나는 이런 딴지 걸기를 사랑한다. 세상은 끊임없이 비판적으로 사고하고 딴지를 걸어 온 사람들 덕분에 조금이나마 나은 방향으로 갈 수 있었다. 물론 매사에 선의를 먼저 추출해 생각하고, 서로 용기를 북돋아 주는 사람들의 역할을 작다고 할 수는 없다. 그러나 딴지 걸기가 없었다면 인류는 단선적인 사고 아래 자유를 억압당한 채 질식하고 말았을 것이다.

모진 시련 끝에 신대륙을 발견한 크리스토퍼 콜럼버스를 두고 그의 용기와 불굴의 의지를 찬양할 수도 있다. 콜럼버스는 아이들의 위인전 목록에도 단골로 포함되는 인물이다. 그러나 그의 항해는 아메리카 원주민 입장에서는 재앙이었다. 콜럼버스를 후원한 에스파냐의 이사벨 1세 여왕은 열두 척의 함선에 금을 가득 채워 오라는 명령을 내렸다. 콜럼버스는 금을 찾기 위해 원주민들을 잔인하게 노예처럼 부렸고, 그 결과 2만 5,000명이었던 타이노 부족이 1500년에는 5,000명으로 줄어들었다. 1520년에는 아예 부족 자체가 지구상에서 사라지고 말았다.

모든 면에는 빛과 그림자가 있다. 승리자가 있으면 패배자가 있는 법이다. 착취자가 있으면 수탈을 당하는 사람이 생긴다. 쉽게 부서지지 않는 낙엽 이면에는 방부제 역할을 하는 농약을 뿌린 인간의 검은 손길이 스며 있다.

딴지 걸기는 인간이라는 불완전한 존재를 치우침 없이 진솔하게 조명해 볼 수 있는 소중한 권리이다. 딴지라고 하면 상대의 단점을 찾아 걸고 넘어지는 이미지가 먼저 떠오른다. 그러나 상대의 결점에만 집중하는 것이 아니라 좀 더 나은 세상을 위해 자신까지도 그 대상에 포함시킨다면 건강한 딴지 걸기가 아닐까. 앞으로 낙엽을 밟을 때면 부서지지 않는 나뭇잎에서 죽어가는 자연의 신음을 들을 수 있도록 해 준 그 댓글도 함께 떠오를 것 같다.

모두가
뜯어말리는 일일지라도

물속으로 가라앉는 돌멩이처럼 축축하고 힘없이 지내다가도 어느 날 갑자기 생기가 솟을 때가 있다. 뭔가 해 보고 싶은 간절한 마음이 생길 때가 그렇다. 제주 올레길이니 온갖 둘레길이라 이름 붙은 '걷는 길' 열풍이 일어나기 전인 1990년대 후반, 어느 날 갑자기 자리에서 튕기듯 일어나 앉은 적이 있었다.

'섬진강이 시작되는 지점부터 강을 따라서 도보 여행을 해 보자.'

나는 당장이라도 배낭을 꾸려 떠나야 할 것처럼 가슴이 설레 도무지 자리에 앉아 있을 수가 없었다. 끓인 미역국처럼 푸른 압록 지역의 강물이 떠오르고, 부드러운 햇살을 받으며 강 쪽을 향해 피어 있을 매화꽃이 어른거렸다. 나는 이 환상적인 여행을 널리 전파하고 동행자를 구하려고 틈만 나면 섬진강 도보 여행 얘기를 꺼냈다. 그럴 때마다 멋지겠다고 맞장구는 쳐도 당장 떠나자고 자리를 떨치고 일어나는 사람은 없었다. 모두들 한창 사회에 적응하느라 정신이 없던 때였다. 가뜩이나 피곤한데 며칠씩 걷는다는 상상에 이르면 저절로 흥분이 가라앉으며 제정신이 들게 마련이었다.

그때 이후로도 재밌는 생각이 떠오르면 흥분에 차서 주위에 전파하곤 했는데, 사람들은 마치 냉철하고 깐깐한 이사회 임원처럼 묻곤 했다.

"돈 되는 일이야?"

"그거 해서 뭐 하려고?"

이런 말을 일방적으로 듣기만 한 건 아니다. 때로는 상대가 조금 벅차다 싶은 꿈을 품을 때면 나도 똑같은 질문으로 기를 꺾어 놓기도 했다.

돈과 성공, 돈과 행복을 연결시켜 생각하는 것은 근대에 들어서서 생겨난 풍경이다. 그렇다고 근대 이전에 살았던 사람들이 모두 삶에 만족하고 자연의 아름다움에 경외감을 느끼며 충만한 삶을 살았다고 단정하기는 힘들다. 그러나 최소한 오늘날의 돈 숭배 사회에 비해서는 여유와 낭만이 살아 있었다. 그 시대에도 신분의 차이가 있고 권력과 부가 한쪽에 쏠려 있었지만, 오늘날의 자본주의 사회처럼 일관되게 돈으로 사람을 서열화하고 길들이지는 않았다.

현대사회에서 활발하게 경제활동을 해야 하는 나이에 돈벌이가 되지 않는 일만 하면서 살려면 자타의 비난을 감수할 각오가 돼 있어야 한다. 그건 곧 누군가의 노동에 의지해야 한다는 뜻이기도 하니까. 1년 동안 돈 한 푼 쓰지 않고 사는 실험을 하고 그 경험을 책으로 쓴 영국인 마크 보일도 1년이란 한정된 시간이기에 그런 극단적인 시도를 할 수 있었다. 오죽 돈으로 돌아가는 세상을 벗어나기 힘들면 1년 동안 돈 없이 살아 본 경험담이 책으로 출간되고 화제를 불러일으킬까. 전기세, 전화비, 수도세, 집세를 낼 수 없기에 그는 야생의 삶을 살아야 했고, 프로젝트 기간에 연인과 헤어지는 아픔도 견뎌야 했다. 오늘날 돈 없이 살아 보는 실험은 극지 탐험에 버금가는 모험이 됐다.

돌은 돈과 가장 관계없어 보이는 대표적인 것이다. 산이나 들에 가면 발에 채이도록 흔하고 널린 게 돌이니까. 그래서 '황금 보기를 돌같이 하라'는 말도 나왔을 것이다. 그런 까닭에 돌은 때로 무익해 보이는 일을 하기에 가장 쉬운 도구가 되기도 한다.

텔레비전이나 신문의 해외토픽 코너에는 돌을 이용해 수십 년 동안 무모해 보이는 일을 한 사람들 얘기가 종종 나온다. 영국 동부의 노퍽에 사는 마이클 케네디도 그중 한 사람이다. 그는 어느 날 올드 헌스탠튼의 해변을 산책하다 백악기 시대에 형성된 절벽이 조금씩 무너져 내리고 있는 것을 발견했다. 흰색과 붉은색 줄무늬가 들어가 있는 이 절벽은 태고의 아름다움을 상상하게 만드는 자연의 걸작이었다. 지역의 명물이 허물어져 가는 모습을 안타깝게 생각하던 그는 주변을 둘러보았다. 해변에 무수한 돌이 널려 있었다.

케네디는 운동 삼아 해변의 돌들을 날라 방지턱을 쌓기 시작했다. 하루 두 시간씩 일주일에 6일 동안 돌을 날랐다. 놀랍게도 그는 14년 동안 돌쌓기를 계속 했다. 총 8,758시간, 운반된 돌의 양만 200톤에 이르렀다. 돌만 옮긴 게 아니었다. 해변에 떠밀려 온 쓰레기도 날마다 주웠다. 그가 쌓은 방지턱은 절벽의 침식을 막아 줬고, 돌이 치워지고 모래 해변이 드러나자 관광객까지 모여들었다. 헌스타운의 시장은 그를 지역의 영웅으로 칭송했다. 그의 나이 73세 때 일어난 변화였다.

케네디가 돌을 나르면서 찬란한 미래를 꿈꿨으리라고는 생각하지 않는다. 처음에는 운동 삼아 날랐을 것이다. 날마다 일정한 시간 같은 일을 반복하다 보면 요령이 생기고, 탄력이 붙는다. 막연했던 행동에 의미도 생기게 된다. 그렇게 14년의 세월이 흐른 것이다. 그러고도 그는 여전히 '돌' 때문에 고민했다. 14년 만에 해변에 있던 돌이 바닥나는 바람에 매일 2시간씩 하던 일에 차질이 생긴 것이다. 언론과 인터뷰에서 그는 말했다.

"나는 포기한 게 아닙니다. 앞으로도 해변을 깨끗이 하고 절벽을 보호하기 위해 계속해서 돌을 나를 겁니다."

앞으로는 해변을 벗어나 다른 곳에서 돌을 옮겨 와야 할 터이다. 한층 강도가 더해진 운동이 시작된 것이다.

우리나라에도 돌과 씨름한 분들 얘기가 종종 방송 전파를 타곤 한다. 주변의 돌을 모아다 돌탑을 수십 개 쌓은 할아버지, 집 안 곳곳을 주워 온 돌로 장식한 아저씨 등. 이들은 돈벌이도 안 되고 주변에서 '쓸데없는 일'에 시간과 힘을 쏟는다는 핀잔을 받으면서도 묵묵히 돌과 씨름했다. 언뜻 보기에는 이보다 무익한 일이 또 있을까 싶다. 그런데 화면에 비친 그분들의 얼굴은 하나같이 천진무구한 모습이었다. 세상의 잣대에 오랜 세월 저항하며 스스로 만족하는 생활을 해 온 이에게서 보이는 특징이었다.

돌과 씨름한 이들 가운데 다큐멘터리 방송에 나온 중국인 부부 이야기도 잊히지 않는다. 중국 충칭의 산속에는 6,000개의 돌 계단이 나 있다. 하나하나 사람의 손으로 만든 계단이다. 이 돌 계단을 만든 주인공은 류궈장이란 사람인데, 여기에는 소설 같은 이야기가 숨어 있다. 류궈장이 사는 지역에는 아이의 이가 빠졌을 때, 새색시가 빠진 이 자리를 만져 주면 새 이가 난다는 속설이 있었다. 류궈장이 여섯 살 때 이가 빠졌다. 속설을 철썩같이 믿었던 아이는 마침 마을에서 꽃가마를 타고 시집가는 열여섯 살 난 신부인 쉬차오징에게 다가갔다. 신부가 류궈장의 입에 손을 넣어 이 빠진 자리를 만져 주자, 아이는 엉겁결에 그만 손가락을 깨물고 말았다. 그게 두 사람의 첫 만남이었다.

신부 쉬차오징은 시집가서 네 명의 아이를 낳으며 행복하게 살았다. 그런데 어느 날 남편이 병을 앓다 죽고 만다. 산골 마을에서 과부 혼자 네 아이를 키우며 살아가기란 보통 고생스러운 일이 아니었다. 산에서 버섯을 따고 옥수수를 삶아 겨우 배고픔을 달래며 살아갔다.

한편 그 동네에 살던 열 살 연하의 류귀장은 어느덧 스무 살이 되었다. 어려서 입양되어 자랐기에 성인이 되면 독립해서 나와야 했다. 마땅히 갈 곳도 없던 차에 자연스럽게 쉬차오징 네 집에서 장작도 패 주고 심부름도 하면서 숙식을 해결하게 됐다. 스무 살 총각과 서른 살 애 넷 딸린 과부는 가까이 부대끼면서 점점 서로에게 호감을 가졌다. 하지만 주변의 눈총이 따가웠다. 고민 끝에 그들은 아이 넷을 데리고 깊은 산으로 들어가 숨어버렸다.

산속에서 둘은 부부의 연을 맺고, 손수 나무를 베어다 집을 짓고, 산을 일궈 농사를 지었다. 전기도 물도 없는 산속 생활은 불편하기만 했다. 그래도 사랑하는 사람이 있기에 모든 것을 감수하며 살아갈 수 있었다. 산에는 유난히 바위와 돌이 많았다. 인적이 끊긴 곳이었기에 딱히 길이라고 할 만한 것도 없었다. 류귀장은 사랑하는 열 살 연상의 아내가 오가기 편하도록 날마다 망치와 정을 두들겨 돌계단을 만들어 나갔다. 그렇게 하기를 50년, 마침내 무려 6,000개의 돌계단을 완성했다. 네 자녀는 모두 성장해 산 아래로 내려가 살고, 늙은 두 사람만 여전히 산속에 남았다. 류귀장 할아버지가 작업용 앞치마를 두르고, 양팔에 토시를 낀 채 늙은 아내를 부축해 돌계단을 오르는 모습은 보는 이의 마음에 향긋한 여운을 남겨 주기에 충분했다.

돌계단 만들기는 철저하게 돈벌이와는 무관한 일이었다. 오직 깊은 사랑으로 만든 헌신의 층계였다. 가슴에 따뜻하고 반듯한 뜻과 희망만 버리지 않는다면 이 세상에 무익한 일이란 없다고 그는 말하는 듯하다.

수십 년 동안 돌과 어우러져 산 이들의 얘기를 접할 때마다 나는 인간의 본성에 대해 생각하곤 한다. 인간이란 천성적으로 아무것도 하지 않고 살기 어려운 존재가 아닐까. 한낱 돌을 통해서라도 끝내 보람과 재미를 찾아내고야 말지 않는가. 돈벌이가 되지 않는 일이라고, 계란으로 바위치기라고 숱한 비웃음을 샀을 텐데, 정작 돌과 씨름한 이들의 내면에 어떤 환희와 열정이 솟구쳤는지 누가 알겠는가.

돌과 씨름한 사람들은 대부분 가난하고 소박한 사람들이었다. 그러나 돈이 충분하지 않다는 것이 반드시 인생에서 패배자라는 뜻은 아니다. 철학자 알랭 드 보통은 헨리 데이비드 소로의 삶을 이야기하면서 "돈이 없다는 것은 어떤 사람이 자신의 에너지를 사업 말고 다른 활동에 쏟는 쪽을 택했고, 그 과정에서 현금이 아닌 다른 것에서 부유해졌다는 뜻일 수 있다"고 말했다.

돌을 상대로 날마다 조금씩 뭔가를 한다 해도 당장은 아무런 표시도 나지 않는다. 그러나 긴 시간이 지나고 보면 무엇인가가 뚜렷이 변해 있다. 돌에 미친 사람들은 돌멩이 하나를 들어 옮기거나 쪼아 나갈 때 오직 자신의 눈앞에 놓인 돌멩이 하나에만 집중했다. 어떤 변화가 일어날지 본인도 짐작할 수 없었다. 그래도 묵묵히 해 나갔다. 그것이 그 순간 그가 할 수 있는 가장 재밌고 보람 있는 일이기에.

배우자와 가족, 친구가 말리는 일이라면 십중팔구 돈이 안 되는 일일 것이다. 그러나 때로는 모두가 반대하는 무익해 보이는 일을 하는 동안 인생의 의미가 생겨나기도 한다. 돈벌이에 몰두하다 삶의 의미를 잃는 지경에 이르기도 하는 것이 세상살이고 보면, 사람이 하는 일을 두고 한두 마디 말로 단정할 수는 없는 노릇이다.

무엇인가를 끈기 있게 한다는 건 쉬운 일이 아니다. 때로는 비관적인 상황과 맞닥뜨려도 절망마저 지속적으로 하지 못하는 나를 발견할 때가 있다. 바닥에 닿도록 철저하게 절망하는 일에도 집중하지 못할진대 희망인들 어떻게 꾸준하게 품을 수 있을까. 돌멩이를 볼 때마다 나는 그런 생각에 빠지곤 한다.

죽을 때까지
다 못 읽는 추천 도서

　　대학 신입생 시절, 3월이 다 가도록 수업 시간은 물론이고 학과에 얼굴 한 번 안 비친 친구가 있었다. 그는 전체 신입생 환영회 때 한 번 나타나고는 그 뒤로 모습을 감췄다. 지방 출신이라 학교 기숙사 생활을 하고 있다는데 정작 그를 봤다는 사람은 없었다. 봄꽃이 넓은 캠퍼스를 수놓고 중간고사가 다가오던 4월의 어느 날, 과 복도에 홀연히 그가 나타났다. 머리와 수염이 덥수룩하게 자라 산도적 같은 얼굴을 하고서. 나를 비롯해 겨우 얼굴을 익힌 동기 몇 명이 그를 학교 아래 술집으로 데려갔다.

　　"그동안 뭐했냐? 수업에도 통 안 나오고……."

　　일행 중 하나가 모두의 관심사를 물었다. 그리고 지금도 잊히지 않는 그의 대답.

　　"『자본론』을 읽었어."

　　"마르크스의 『자본론』?"

옆자리 친구가 물었다. 마르크스의 『자본론』이지, 또 누가 그 걸 썼을까. 아마도 기가 막혀서 나온 반사적인 확인이었을 것이 다. 산도적은 빙글빙글 웃으며 고개를 끄덕였다. 우리는 금방 기 가 죽었다. 선배들이 추천한 '마르크스'나 '자본'이 붙은 제목의 책들을 몇 권 사 놓긴 했지만 언제 다 읽을지 모를 일이었다. 그 런데 녀석은 한 달 동안 콕 박혀 원전을 다 읽은 뒤 어슬렁어슬 렁 나타난 거였다. 한참 동안의 침묵을 깨고 누군가 또 물었다.

"읽을 만하든?"

우리는 '솔직히 좀 어렵더라' 혹은 '머리 아파 죽는 줄 알았다' 같은 한 줄기 인간적인 고백을 기대했다.

"뭐…… 그럭저럭."

허영도 자부심도 없이 담백한 말투였다. 우리는 다시 어색한 침묵 속에 잠겼다.

"야! 대단하다. 신입생이 『자본론』을 완독해 버리고. 지금은 뭐 읽고 있냐?"

잠시 뒤 다른 친구가 물었을 때, 우린 호기심을 보이면서도 슬 슬 불안해졌다.

"에밀 뒤르켐의 『자살론』."

동경과 질투가 뒤섞인 시선이 그에게 쏠렸다. 그가 자취를 감 춘 한 달 동안 우리는 선배들의 환영 술자리에 참석하고, 어느 동아리에 들까 고민하고, 교양이며 전공 기초 수업 과제들에 짓눌려 지내야 했다. 그런데 갑자기 우리가 보낸 지극히 신입생다운 한 달이 한심하게 느껴졌다. 고전에는 그런 힘이 있었다. 아니, 고전을 읽고 있거나 읽었다는 사람에게 우리는 스스로 영예의 왕관을 만들어 바쳤다. 책 꽤나 읽었다는 친구들이건만 우리는 그 친구의 고전 '올인'에 단번에 주눅 들었다.

책 읽기에 빠진 청소년 시절부터 나도 나름대로 부지런히 고전의 뒤를 쫓아다녔으나 지금도 못 읽은, 또는 안 읽은 책이 수두룩하다. 마크 트웨인의 『허클베리 핀의 모험』과 버지니아 울프의 『자기만의 방』은 하도 유명해서 읽은 줄 깜박 착각하고 살았다. 사실은…… 안 읽었다. 이밖에도 안 읽고도 버젓이 읽은 것처럼 착각하고 그 책에 대해 떠들며 살아온 세월이 얼마인지. 금속활자가 발명되고, 책이 보급된 이래 누적된 고전의 산맥은 어찌나 가파른지 기를 쓰고 올라도 봉우리만 힐끗 보일 뿐이다. 고전을 읽으면 피가 되고 살이 된다고들 한다. 피가 되는 건 좋은데 살이 덧붙는 건 두려워서 손이 잘 안 간다. 이를 어쩌면 좋을까.

스피노자와 들뢰즈를 언젠가는 꼭 정독하고 싶지만, 요즘 화제가 되는 책도 읽고 싶다. 읽은 사람들끼리만 얘기하는 꼴은 못 보겠으니 몇몇 화제의 소설도 봐야 한다. 재밌는 미국, 일본 소설은 또 오죽 많은가. 전자제품 사용 안내서도 읽어 둬야 '이런 건 사람 불러야 돼'를 외치지 않을 수 있다. 그런데 고전 읽을 시간이 대체 언제 나느냔 말이다.

오늘날 원전을 '정말로' 읽은 사람은 소수에 불과하다. 원전을 해설하고 풀어 쓴 2차 서적보다 원전을 읽는 것이 얼마나 중요한지 알면서도, 원전은 끊임없는 인용의 세계에서 더 인기가 많다. 사실상 고전을 읽지 않을 권리를 매일 누리고 살면서도 속내가 마냥 편하지만은 않다는 게 우리의 비극이라면 비극이다.

손꼽을 만한 경제 연구소가 추천하는 책, 각종 권장 도서, 필독 목록은 또 얼마나 많은가. 서울대가 추천하는 책, 미국 대학 위원회 선정 SAT 추천 도서, 「타임」지 선정 현대 100대 영문 소설, 「옵저버」 선정 인류 역사상 가장 훌륭한 책…… 이걸 다 읽어서 몹시, 진짜로 훌륭해지고 싶지만 눈도 한 쌍, 손도 한 쌍뿐이라 아쉬울 따름이다. 신기하면서도 약 오르는 사실 하나는 아예 안 읽으면 모를까, 책은 보면 볼수록 읽어야 할 목록이 점점 많아진다는 점이다.

이 시대 독서가들의 다양한 독서기도 속속 출간되고 있다. 갈수록 독서 인구가 줄어 출판계가 어려워진 지 오래됐는데, 이상하게 '책 읽기에 관한 책'은 더 활발하게 나온다. 원전을 직접 읽기보다는 타인의 읽기를 통해 대리만족하고 싶은 수요와 욕구가 있기 때문일까.

프랑스 작가 다니엘 페낙이 『소설처럼』이란 책에서 말한 '독자의 10가지 권리'를 보면 사람들이 얼마나 책 읽기에 압박을 느끼고 있는지 짐작이 간다.

1. 책을 읽지 않을 권리

2. 건너뛰며 읽을 권리

3. 책을 끝까지 읽지 않을 권리

4. 책을 다시 읽을 권리

5. 아무 책이나 읽을 권리

6. 보바리즘(플로베르의 '보바리 부인'처럼 상상의 세계에 완전히 동
   화되어 몽상을 즐기는 것)을 누릴 권리

7. 아무 데서나 읽을 권리

8. 군데군데 골라 읽을 권리

9. 소리 내서 읽을 권리

10. 읽고 나서 아무 말도 하지 않을 권리

이 권리를 아이들에게 읽어 주면 1번과 10번을 가장 마음에
들어 한다. 아예 읽지 않거나, 읽고 나서 아무 의견도 말하고 싶
지 않다는 것이다. 때로는 어른인 나도 그렇다. 다니엘 페낙에 따
르면 한 권의 소설을 끝까지 읽지 않고 던져 버릴 만한 이유가
무려 3만 6,000가지나 된단다. 완독의 중압감에 시달리는 사람
들에게 크나큰 위안이 되는 말이다. 어떤 이는 여기에 11번을 추
가해 '저자를 욕할 권리'도 포함돼야 한다고 말한다. 이 권리는
대다수 독자들이 어렵지 않게 누리고 있기에 다니엘 페낙도 특
별히 언급하지 않은 듯하다.

고전이 주는 피로감에도 불구하고 고전이 주는 감미로움 역시 말하지 않을 수 없다. 나와 인연이 맞는 고전은 막연하고 모호했던 세상의 법칙과 풍경들을 명료하고 섬세하게 포착해 강력한 행복의 전류를 맛보게 한다. 그때 내 눈에 비친 세상은 이미 이전의 세상이 아니며, 나는 육체라는 한계에 갇힌 생명 그 이상의 존재가 된다. 그것은 경험해 본 사람만이 알 수 있는 눈부신 비상이다.

그러나 아직 소화시킬 준비도 경험도 부족할 때 만나는 고전은 허영뿐인 안도감과 고단함만을 안겨 줄 뿐이다. 고전 읽기란 당장의 쓸모를 염두에 둔 읽기가 아니라 우리의 영혼이 한 차원 높은 열락을 느끼기 위해 필요한 지적 연료이다.

고전을 읽는 방식은 옛 사람들도 제각각 달랐다. 조선시대 주자학의 거두였던 퇴계 이황은 경전의 세세한 구절을 놓치지 않고 이해하고 강론하는 데 온 힘을 쏟았다. 그는 주자학이 학문을 넘어 종교 경전처럼 떠받들어지던 시대에 살았다. 그는 '샅샅이 훑어 읽기'의 대가였고, 그의 학문은 바다 건너 일본까지 영향을 주었다.

같은 시대를 살았던 남명 조식은 평생 조정의 부름을 마다하고 초야에서 책을 파고든 독서가였다. 그도 광범위한 독서를 했으나 경전의 내용을 시시콜콜 다 이해할 필요는 없다고 생각했다. 그리고 자신이 모르는 대목이 나오면 솔직히 인정했다. "책을 읽음에 장구章句에 구애받지 않고 몸에 절실한 곳에 이르러서는 문득 받아들이고 다른 것은 대강 지나갔다"고 그는 말한다. 그의 '건너뛰며 읽기'는 당시 상황을 고려하면 파격이라 해도 좋을 정도였다.

유학자들은 본래 치열한 독서인들이기 마련이었다. 그들의 독서는 '박학이문 약지이례博學以文 約之以禮'의 순서로 나아갔다. 널리 읽기부터 배우고 그런 다음 예로 실천한다는 뜻이다. 퇴계와 남명의 읽기 가운데 어느 것이 더 바람직한가를 따지는 것은 무의미한 일이다. 자신의 성향과 책의 종류에 따라 읽기 방식도 다를 수밖에 없기 때문이다. 중요한 것은 고전을 읽되 고전의 권위에 매몰당하지 않을 권리를 누리는 게 아닐는지.

이 글에서 '고전에 짓눌리지 않을 권리'를 말하고 있긴 하지만, 고전의 혜택을 많이 받은 내가 거두절미하고 고전 따위는 읽지 않아도 된다고 말하는 것은 배은망덕한 일일 것이다. 어떤 책은 인내를 가르쳐 주었고, 어떤 책은 겸손을 가르쳐 주었으며, 어떤 책은 한밤중에 책장을 덮고 뛰쳐나가고 싶을 만큼 심장에 열꽃이 피어나도록 만들었다.

중요한 것은 나만의 고전을 찾아내는 일이다. 내게 감동을 주고, 인간답게 산다는 것에 대해 답을 주는 책이라면 굳이 수백 년의 시간 동안 세상의 인정을 받지 않더라도 나에겐 고전이다. 나만의 고전을 발견하기 위해선 풍부한 경험과 노하우가 있어야 한다. 몸소 부딪쳐 얻은 지식과 지혜의 생동감이 쌓일 때 책은 그에 걸맞은 말을 걸어온다.

소설가 이탈로 칼비노는 『왜 고전을 읽는가』에서 말했다.

고전이란 그것을 읽고 좋아하게 된 독자에게는 소중한 경험을 선사하는 책이다. 그러나 가장 좋은 조건에서 즐겁게 읽을 수 있는 기회를 얻은 사람만이 그런 풍부한 경험을 할 수 있다.

그가 말하는 고전을 읽기에 가장 좋은 조건이란 완벽한 환경이 아니라 성숙한 경험을 뜻한다. 한 권의 책이 나의 삶과 밀착하기 위해선 살면서 맛보게 마련인 사랑, 슬픔, 이별, 욕망, 희망, 의심, 공포, 고통, 배신, 절망 등 갖가지 감정의 파도를 넘어 봐야 한다. 열다섯 살 소녀가 모진 마음을 먹고 헤겔의 『정신현상학』을 본다고 한들 십중팔구 책에 원한만 쌓고 정신이 혼미해질 가능성이 크다. 솔직히 청소년 땐 대화체가 많아서 여백이 듬성듬성한 페이지가 나오면 반갑지 않던가. 나는 지금도 그렇다.

흔히 고전을 읽으면 교양이 쌓인다고 한다. 교양이란 사전에 따르면 '광범위한 분야의 지식을 쌓아 길러지는 마음의 윤택함'이다. 그러나 오늘날에는 교양을 쌓자고 해도 시간과 경제적 여유가 밑받침돼야 한다. 교양을 추구할 수 있는 사회란 느림과 여유가 허락된 사회이다. 이제 교양과 책이 주는 성찰과 각성의 기뿐마저 특정 계층이 독점하는 시대가 돼 가고 있는 것은 아닌지 걱정스럽다.

예전의 교양은 인간을 도구화하는 자본주의와 전체주의에 대항할 수 있는 내적 무기를 제공해 주었다. 그러나 오늘날의 교양은 생존의 위험을 감수하거나 떨치고 나서야 간신히 쌓을 수 있는 풍요로움이다. 살 떨리는 경쟁에 내몰린 젊은이들과 불안정한 고용에 시달리는 기성세대에게 고전이나 교양은 한가로운 목가처럼 들리기 십상이다.

예전에 라디오에서 나오는 어느 대학의 광고 카피를 듣고 깜짝 놀란 적이 있다.

"공무원 육성 사관학교, ○○대학."

공무원과 사관학교, 그리고 대학의 결합이라니. 세상은 이토록 얇아지고 말았다. 대학 시절은 세상에 대한 이해와 인간다운 삶을 고민하는 황금 같은 시기이다. 그러기에 교양을 쌓기에 가장 좋은 시기라고도 한다. 이상적인 대학 생활은 그렇다. 그런데 요즘 대학은 서로 자신들이 가장 훌륭한 직업 훈련소임을 대놓고 광고한다. 생존 앞에서 지적 탐구나 고전 읽기는 사치스러운 향유일 뿐이다.

보기만 해도 한숨이 나오는 고전이 있다면 아직 그 책과 만날 준비가 되지 않았다는 뜻이다. 고전을 억지로 읽지 않아도 될 권리가 분명 우리에겐 있다. 그러나 인생의 어느 때에 이르러서는 앎의 욕구가 샘솟기도 한다. 읽고 싶을 때 읽는 책은 통째로 삼키고 싶을 정도로 달게 다가온다. 그때 책으로 귀환해 세상살이의 소란스러움과 비밀, 그리고 상처를 이해하고 위로받으면 된다. 자발적으로, 아무런 잇속도 기대하는 바 없이, 그저 읽는다는 즐거움에 빠져 주변을 까맣게 잊는 순간만큼 달콤한 행복이 있을까.

폭설 때문에 한 달 동안 산장에 갇혀 있으면서 1,300쪽에 이르는 몽테뉴의 『수상록』을 읽고 또 읽었다는 어느 산장지기의 고백은 언제나 나를 설레게 한다. 언젠가 그런 때가 올 경우를 대비해 나는 270쪽 분량만 읽어 뒀다. 고전을 아낄 권리도 있는 법이니까.

언제든 다시 시작할 수 있는
나만의 달력

페르시아의 시인이자 천문학자, 수학자였던 오마르 하이얌은 16세기에 나온 그레고리 달력보다 더 정확한 달력을 만들었다. 그는 새해를 이렇게 정의했다.

묵은 욕망들을 소생시키고, 고독하고 사려 깊은 영혼이 물러가는 때.

정확한 통찰이면서도 어쩐지 인간의 한계를 쓸쓸하게 드러내는 잠언이다. 행복에 가까이 가기 위해서는 위의 정의와는 반대로 '고독하고 사려 깊은 영혼이 소생하고, 묵은 욕망들은 영원히 물러가는 날'이 돼야 할 텐데 말이다.

오래 전부터 품어 온 의문이 있다. 왜 우리는 가장 춥고 움츠러들기 쉬운 1월에 새해를 맞아야 할까. 왜 1582년 2월 24일에 그레고리우스 13세가 공포한 그레고리력 하나에만 의지해 내 몸과 마음을 다 맞춰야 하나. 시간을 내 보조에 맞춰 느끼며 살 수는 없을까.

낙엽이 져서 땅이 두터워지는 11월이 한 해의 시작이면 어떤가. 한창 봄꽃이 흐드러지게 피고 부드러운 바람이 부는 4월을 새해로 삼으면 안 되는 법이라도 있을까. 좀 더 피부에 와 닿는 기준을 세울 수도 있다. 처음으로 찬물로 세수해도 춥지 않는 날, 처음으로 햇살보다 그늘이 비추는 쪽을 골라 걷게 되는 날. 그런 날을 나만의 시작점으로 삼아도 될 것이다. 작년보다 좀 더 성장한 부분을 발견한 날, 누군가에게 상처를 준 것에 대해 진심으로 속죄의 마음이 드는 날, 나를 아프게 했던 이를 기꺼이 다시 껴안고 싶은 날, 그때 비로소 한 해를 시작하는 건 어떨까.

세상이 하나의 표준으로 통일되기 전, 인류는 각자 자신의 리듬에 맞는 달력에 따라 살았다. 고대 바빌론 시대에는 봄이 되어 순례자들이 걸어 다니기 쉽고, 양을 잡기 쉬운 3~4월을 한 해의 시작으로 잡았다. 그때가 돼도 날씨가 풀리지 않으면 다음 달이 첫 달이 됐다. 고정불변의 달력이 아니라 자연과 사람의 형편에 따라 유동적인 시간을 산 셈이다.

또 인도 벵골만 동부 안다만 제도의 숲속에 사는 사람들은 '향기의 달력'을 지니고 있다고 한다. 향기의 달력은 꽃이나 나무들의 냄새를 통해 시간을 나타낸다. 금잔화 향기가 진동하는

달, 망고가 익는 달, 야자나무가 달콤해지는 달…… 이런 식이
다. 자연의 흐름에 따른 이런 달력은 기계적이고 융통성 없는 현
대의 시간보다 유연하고 여유가 있다.

　일본의 문화인류학자이자 환경 운동가인 쓰지 신이치는『슬
로 라이프』라는 책에서 북미 나바호족의 신화를 소개한다. 이
신화에 따르면 이 세상 최초의 인간은 모래 위에 그림을 그려
서 달력을 만들었다고 한다. 계절은 크게 겨울과 여름으로 나뉘
고, 각각의 달은 그 시기에 일어나는 특징적인 사건에 따라 이름
이 정해진다. 예를 들어 현재 우리가 사용하는 태양력의 11월에
해당하는 것은 '홀쩍 야윈 바람의 달', 1월은 '꽁꽁 언 눈 얼굴의
달', 4월은 '보드랍고 섬세한 잎사귀의 달'이다.

　나도 한 명의 한반도 인디언이 되어 나만의 계절, 나만의 달력
이름을 가져 보고 싶다. 땅이 녹고 풀이 솟는 4월은 '여행을 위
해 신발 끈을 매기 좋은 달', 8월은 '사람도 짐승도 땀을 보태며
열매가 익기를 기다리는 달', 10월은 '고구마를 캐서 저장하는
달', 12월은 '나무처럼 모든 것을 비우는 달'……. 세상에서 단 하
나뿐인 나만의 달력을 만들어 마음이 담긴 시간을 살고 싶다.

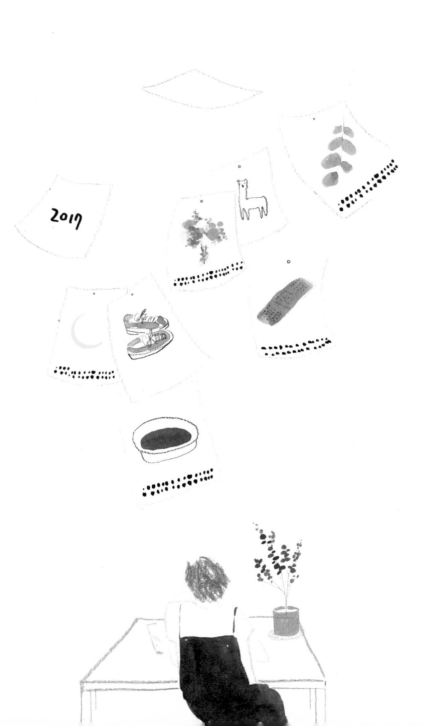

산책,
'어제의 나'와 결별하는 시간

인류 최초의 철학자는 걷는 이였을 것이다. 생존을 벗어난 걷기, 아무런 목적도 지니지 않은 걷기에 중독된 사람은 사색에 잠길 수밖에 없다. 그이는 오로지 걷는다는 한 가지 행위에 몰입하면서 자신과 세상을 음미하며 한 발 한 발 앞으로 나아갔을 것이다. 세상의 채근과 못마땅한 시선을 뒤로한 채 발길 닿는 대로 걸으면서 그이는 단독자로서의 자신을 발견했을 것이다. 때로는 가슴이 터질 듯 충만하고, 때로는 허수경 시인이 노래했듯 '의젓하게 차오르는 눈물'을 눈가에 매달면서. 뿌듯한 외로움, 벅찬 슬픔, 복받치는 기쁨. 걷는 이의 내면은 숱한 감정과 생각들의 열매가 열리는 만년 여름 정원이다.

나는 되도록 한 번 산 물건은 아껴서 오래 쓰는 편이다. 그러나 낡아서 너덜너덜해지면 '이런 영광이⋯⋯' 하면서 기뻐하는 물건이 딱 하나 있다. 바로 운동화이다. 헤어지도록 신고 걸었다는 것은 분명 명예로운 일임에 틀림없다. 며칠 전, 왼쪽 운동화의 엄지발가락 부분이 헤어져서 구멍이 나려고 하는 것을 발견했다. 왜 그리 감격스럽던지. 소비주의에 함몰되지 않으려 최대한 경계하지만, 걷는 데 쓰는 도구만은 예외로 두기로 했다. 머지않아 새 운동화를 마련해야 할 것이다. 즐겁고 개운한 마음으로.

허리를 다친 뒤부터 걷기는 단순한 운동이나 휴식을 넘어 재활의 차원이 됐다. 성인이 된 뒤 처음으로 나는 내 인생이 막 시작되던 때로 돌아갔다. 네 발로 기다가, 간신히 일어서다 다시 주저앉고, 다시 일어서려 애쓰던 그 시절로. 처음에는 조금만 움직여도 신경을 건드리는지 찌르르한 통증이 온몸을 휘감아 돌았다. 그 와중에도 책이 나오기까지 후반 작업이 남아 있어서 책상 앞에 서서 모든 일을 처리해야 했다. 밥도 서서 먹고, 글도 서서 썼다. 그 시간에 내가 가장 두려워했던 것은 앞으로 장거리 비행이나 버스 여행을 못 하게 되지 않을까, 마음껏 산책할 수 없게 되면 어쩌나 하는 것이었다.

독일인 의사이자 작가인 에카르트 폰 히르슈하우젠이 재치 있게 말했던 성공의 의미가 새삼스럽게 마음에 와 닿았다.

우리가 '성공'으로 정의하는 것은 우리의 나이와 상당 부분 관계가 있습니다. 인생은 돌고 돕니다. 한 살짜리 아기의 성공은 대소변을 가리는 것이고, 25세에는 성행위, 50세에는 돈이 성공이며, 75세에는 여전히 성행위를 하는 것이, 그리고 90세에는 다시 대소변을 가리는 것이 성공입니다.

에카르트가 말한 나이대별 성공의 정의에 전적으로 동의하지는 않지만 인생이 돌고 돈다는 것만은 확실한 것 같다. 몸이 보내는 경고 신호를 듣지 않았던 탓에 나는 갓 한 살을 넘은 아기처럼 비틀비틀 걷는 것을 다시 내 인생의 성공으로 삼을 수밖에 없었다. 의사는 힘들더라도 천천히 하루 한 시간은 꾸준히 걸어서 허리와 하체 근육을 강화하라고 권했다. 가능한 수술 이외의 방법으로 회복하기 위해서라도 나는 그 말을 신성한 계율처럼 따를 수밖에 없었다. 한 걸음 뗄 때마다 일어나던 날카로운 통증과 현기증. 아무런 고통 없이 자유롭게 양팔을 흔들며 걸을 수 있었던 시간은 오스트랄로피테쿠스 시절의 얘기 같았다. 예전에는 지친 영혼의 회복을 위해 걸었다면, 이제는 몸 자체를 위해 한 발 한 발 내딛어야 했다.

그런 시간을 지나 조금씩 걷는 거리를 늘려 갈 때마다 경이와 기쁨이 뒤따랐다. 어렸을 적 막 걸음마를 배울 때는 충분히 인지하지 못했던 보람을 이번에는 제대로 실감할 수 있었다. 사르트르가 그랬던가. 인간은 걷는 만큼 존재한다고. 나는 존재하는 만큼만 걸을 수 있었다.

두 번 왕복하면 꼬박 한 시간이 걸리는 동네 천변가를 운동

코스 삼아 매일 걸었다. 오래 비가 내리지 않으면 퀴퀴한 냄새를 풍기고 물풀이 썩어 가는 곳이긴 해도 동네 사람들은 그곳으로 몰려들었다. 여름의 어느 날, 천변에 못 보던 오리들이 보였다. 어제까지 없던 오리들이 어디서 왔을까. 마침 내 궁금증을 풀어 주겠다는 듯 아주머니 한 분이 곁에서 얘기를 들려주었다.

"어떤 아저씨가 오토바이를 타고 와서는 포대 두 자루를 저기다 풀더라고. 거기서 나온 게 저 오리들이여."

그게 동네 천변에 갑자기 오리 떼가 나타난 사연의 전부였다. 며칠 뒤 구청에서 천변 다리 벽에 공지문을 붙여 놓았다. 일주일 후에도 오리 주인이 나타나지 않으면 구청에서 임의로 처리하겠다는 내용이었다. '임의'라는 말이 풍기는 어감 따위는 알 바 아니라는 듯 오리들은 천변에 둥둥 떠다녔다. 그러나 일주일의 시간이 지나도 아무 일도 일어나지 않았다. 오리는 그대로 천변에 머물렀다. 사람들은 도시 한가운데서 오리를 보는 것이 신기한 나머지 두부나 과자를 가져와서 던져 줬다. 결코 깨끗하다고 할 수 없는 천변에 생긴 이 작은 변화에 가장 환호한 것은 아이들이었다.

나는 걸으면서 날마다 오리들의 수를 셌다. 처음 오리를 풀 때는 30마리였다고 했다. 그런데 내가 세기 시작한 때는 27마리 뿐이었다. 며칠 뒤에는 다시 24마리가 됐다. 6마리는 대체 어디로 갔을까. 장난기 많은 지인 하나가 험악한 상상력을 펼쳐서 나를 울적하게 만들었다.

"틀림없이 근처 오리탕집에서 풀어놓았을 거야. 그리고 주문 들어올 때마다 한 마리씩 뜰채로 건져 가는 거지."

"횟집처럼?"

"그렇지. 손님이 직접 와서 고르는 거야. 저기 목에 보랏빛 깃털 난 놈으로 해 주세요. 그럼 뜰채가 등장하는 거지."

머릿속에 기다란 뜰채가 허공에 나타나 버둥거리는 오리를 잡아채는 모습이 그려졌다. 괴로운 상상이었다. 한동안 오리 수는 24마리를 유지했다. 나는 마치 천변의 오리 파수꾼이 된 것처럼 오리를 걱정하느라 걷기를 빼먹을 수 없었다. 샐린저가 쓴 『호밀밭의 파수꾼』이 생각났다. 낙제를 당해 가출했다가 집에 몰래 숨어 들어온 홀든이 동생 피비에게 털어놓던 장래 희망.

"어린이들이 호밀밭의 낭떠러지에 가까이 오면, 그들이 떨어지지 않도록 지키는 파수꾼이 될 거야."

나도 할 수만 있다면 뜰채를 들고 접근하는 아저씨에게서, 그리고 불안정한 천변의 환경에서 오리를 지키고 싶었다. 그러나 실제로 내가 할 수 있는 것은 기숙사 사감처럼 머릿수를 세는 게 전부였다.

놀랍게도 오리들은 겨울을 그곳에서 났다. 시린 물에 발을 담그고 물속에서 먹이를 찾거나 모래사장에 올라 웅크리고 앉아 여린 겨울 햇볕을 즐겼다. 더 놀라운 건 어디선가 원앙 한 쌍이

날아와서 그 무리에 섞이기 시작했다는 것이다. 신혼집에 장식
돼 있는 원앙 조각 말고, 살아 있는 원앙은 처음 봤다. 그들을 바
라보며 걸었다. 허리에서 엉덩이, 허벅지, 무릎, 발등으로 이어지
는 미세한 통증과 저림을 의식하며 걸었다. 걷는 순간 오리와 원
앙과 세상의 소음은 하나의 풍경으로 완성되어 나를 치유해 주
었다. 게으르고 매혹적인 순간들이었다.

　매일 반대 방향에서 달려와 나를 스쳐가며 조깅하는 남자는
이제 다른 곳에서 만나도 알아볼 것 같다. 언제나 흰색 점퍼에
회색 트레이닝복 차림이었다. 오리들에게 두부를 으깨 던져 주
며 "저 놈들이 나를 알아본다니까. 그래서 꽥꽥거리는 거야" 하
던 할아버지는 겨울이 되자 더 이상 보이지 않았다. 그 춥고 매
섭던 겨울 동안 천변에서 살아남은 오리들이 봄날에는 갑자기
10마리로 줄어들었다. 어느 날은 5마리밖에 보이지 않았다. 원
앙을 포함해 나머지 오리들이 어디로 갔는지 아는 사람은 아무
도 없었다. 오리들도 걸어서 어디론가 가 버렸을까. 아니면 역시
뜰채의 활약 때문인가. 오리들이 사람 말을 할 수 있다면 조근
조근 사연을 들려줄 텐데. 세상은 알 수 없는 일들로 가득해도
걷는 동안에는 삶의 시름도 공포도 모래 산에 스며드는 빗물처
럼 희미한 자국만 남았다.

　봄날이 지나고 초여름이 되자 천변은 서서히 끓어오르기 시
작했다. 가문 날에는 바닥이 드러난 곳이 더 많고 볼품없는 웅

덩이만 군데군데 고립되어 있을 뿐이었다. 그나마 그 속에는 파래처럼 엉킨 녹색의 부유물이 떠다니고, 희미한 하수구 냄새를 풍겼다. 그러나 놀라워라! 그런 환경에서도 자연은 창조적인 열정을 발휘한다.

어느 날, 오리 한 마리 뒤에 물살을 가르며 뒤따르는 작은 움직임들이 있었다. 몸을 앞쪽으로 내밀고 자세히 보니 새끼 오리들이 아닌가! 짙은 고동빛과 검은 깃털의 작은 오리들이 어미 뒤를 졸졸 따르는 모습이라니. 도둑고양이와 떠도는 개들이 암약하는 밤을 어떻게 무사히 넘겼을까. 장하다, 오리야. 새끼들이 너무 귀여워 온몸이 가려울 지경이었다. 새끼들은 너무 작아서 몇 마리인지 정확하게 헤아리기 어려웠다. 여름이 되자 새끼들은 무서운 기세로 자라났다. 모두 12마리였다. 그러다 어느 날은 9마리로 줄어들었고, 이번에도 사라진 3마리의 행방은 알 수 없었다. 날이 더워지자 사라졌던 오리 몇 마리가 나타났고, 오리들은 다시 30마리가 됐다. 처음 천변에 풀어놓았을 당시의 숫자를 절묘하게 채운 것이다.

그 천변을 오가는 사이 드디어 운동화 앞섶이 헐거워져 뜯어지려고 했다. 나는 반경 4킬로미터 이내는 되도록 걸어 다니자고 마음먹었다. 일상에 필요한 것들은 대부분 그 거리 안에서 해결이 가능하다. 4킬로미터는 성인이 정상적인 속도로 걷는다면 한 시간쯤 걸리는 거리이다. 그러나 내 경우는 조금 더 걸린다. 걸으면서 나는 최초의 철학자를 생각하고, 자연의 회복력에 감탄하고, 그러다 불에 덴 듯 놀라 발끝마다 의식을 실으며 지금 이곳에 오롯이 존재하려 한다. 지친 말이 냇가에서 서성이듯 홀로 길 위를 서성이다 내가 지금 걷고 있다는 기적에 감사하기도 한다.

걸으면서 두 손으로 얼굴을 쓸어 보는 날도 있다. 어느 날은 비둘기 31마리가 전선 위에 주르르 앉아 있는 것을 눈부시게 바라보기도 한다. 바람이 찬 날에는 비닐 캡으로 완벽하게 보호된 유모차 안에서 거만하게 앉아 있는 아기를 지나쳐 가는 날도 있다. 아기도 언젠가는 걷기의 기쁨을 알게 되겠지.

목적지를 필요로 하지 않은 단순한 보행. 그리고 관절과 근육의 미세한 움직임. 일본 시인 기시다 에리코가 노래했던 '씨앗을 뿌리는 속도'로 걷기. 다리가 불편한 사람이나 나이 드신 분들을 서둘러 앞질러 가지 않기. 두 발로 내가 사는 지역을 구석구석 돌아보기. 허술하고 오래된 집들과 가파른 오르막길, 번화한 2차선 도로, 미로처럼 얽힌 골목을 끼고 숱한 익명의 이웃들이 살고 있다. 나는 걸으면서 사소해질 대로 사소해진 운명이라도 기꺼이 수긍할 용기를 얻는다.

내 일상의 일들은 지극히 평범하다.

그러나 나는 그것들과 조화를 이루고 있다.

나는 어느 것에도 집착하지 않으며,

어떤 것도 거부하지 않는다.
어디에도 장애와 충돌이 없다.
누가 부유하든 명예롭든 괘념치 않는다.
극빈한 것도 찬연히 빛난다.
나의 기적 같은 힘과 정신적 활동.
물을 끌어들이고 나무를 나른다.

중국의 선사先師 팡이 쓴 시이다. 나는 물을 끌어들이고 나무를 나르면서 시를 짓는 선사를 떠올린다. 많은 시인들이 걸으면서 자신의 시를 완성하듯 그의 수행도 그랬으리라 짐작해 본다.

모든 반복은 지겨움이라는 필연적인 결과를 빚지만 걷기만은 예외이다. 걷기의 반복은 활기찬 중독으로 이어진다. 걷기는 환경에 주는 영향을 최소화하면서 세계를 친근하게 알아 가는 수단이다. 인간의 권리장전 중에 윗부분을 차지해야 마땅할 걷기. 똑같은 길도 날마다 다르게 변주되기에 어제의 그 길이 아니다. 걸으면서 나는 어제의 나, 한 발을 내딛기 직전의 나와 흔쾌히 결별한다.

"다 잘하려고 애쓰지 마"

"희망도 절망도 없이 매일 조금씩 글을 쓴다."
덴마크 출신 소설가 이자크 디네센이 쓴 문장이다.
이 구절을 미국의 소설가 레이몬드 카버가 책에서 인용했고,
레이몬드 카버 책을 읽은 독자들이 재인용해서 자주 쓰고 있다.
우리에겐 좋은 구절을 인용할 권리가 있고,
그 권리를 지금 누릴 수 있음에 나는 감사한다.

"씻고, 먹고, 마시고, 일하고, 자는 일 외에
어떤 기대나 계산 없이, 희망도 절망도 없이
자발적으로 매일 빠지지 않고
조금씩 하는 '그것'이 당신이 누구인지 말해 준다."
이자크 디네센의 말을 받아 이렇게 써 본다.

희망도 절망도 없이 매일 조금씩 무엇을 한다는 것.

매일 조금씩 하는 그 무엇이 우리를 살게 하고,

매일 조금씩 하는 그 무엇이 우리를 천천히 죽어 가게 만든다.

다 잘하지 않아도 괜찮다.

매일 조금씩 뭔가가 손아귀에서 빠져나간다 해도

매일 조금씩 하는 뭔가가

우리를 더 높은 차원의 질서와 만나게 한다.

남작과 결혼해 아프리카 케냐로 가서 커피 농장을 경영했으나

나중에는 농장도 연인도 다 잃었던 이자크 디네센.

그이는 매일 조금씩 소설을 쓰기 시작해 49세의 나이에 첫 소설집

을 냈다.

희망도 절망도 없이 매일 조금씩 쓴다, 고

담담하게 서술했던 그이의 심정을 더듬어 본다.

인생의 어느 순간에는 '묵묵히'라는 말밖에

쓸 수 없는 시기가 있다.

아무런 대가도 보상도 바라지 않고

매일 무엇인가를 묵묵히 해 나가는 시절에

인간은 가장 자신다운 삶을 산다.

희망도 절망도 없이 오늘도 나는 걷는다.

양손을 주머니에 찌르고 말없이 곁을 스치는 사람들에게서

맵싸한 겨울 냄새가 나는 11월의 거리를.

4장

아무것도 하지 않을 권리,
그 행복한 발견

무엇이든 진정
하고 싶어질 때까지

만약 내가 아무것도 하지 않고 싶다면
정말 아무것도 하지 않을 테다.
하고 싶지 않은 것을 지워 가다 보면
해야 할 가치가 있는 것들이 드러나겠지.
피로에 젖도록 몰아세우며
얼마나 오래 '되어야 할 나'를 쫓아왔던가.

게으르거나 방종하지 않으면서
집착하지 않되 무심하지 않으면서
나답게 사는 길이 있을 테니
모든 해야 할 일들, 책임감, 의젓함을 잠깐 내려놓고
그냥 아무것도 하지 않고 고요히 있고 싶다.

그래도 괜찮다.

너무 잘하지 않아도 괜찮다.

별일 일어나지 않는다.

공기처럼 가볍게, 햇살처럼 맑고 빛나게,

재밌고 신나게 오늘을 산다면

그게 바로 위대한 성공인 것을.

외롭고 고달픈 일상을
견디게 해 주는 마법

누구나 멍하니 하늘을 바라보게 되는 순간이 있다. 바다 가까이 사는 이라면 햇빛을 받아 반짝이는 물결을 보며 잠깐 자기 자신마저 잊기도 할 것이다. 운 좋게 창틀에 앉은 새를 가까이에서 보는 날이면 시선을 고정할 대상을 찾은 눈동자는 반가움에 생기를 띤다. 딱히 자연이 아니라 빈 찻잔이나 허공을 초점 없이 바라볼 때도 있다. 그러나 사람들이 그러고 있으면 주변에서 가만두지 않는다. 최면에 빠진 이를 구하려는 듯 눈앞에 손을 가져가 흔들며 묻는다.

"무슨 생각해?"

잘못 짚었다. 그이는 생각하는 것이 아니라 몽상에 잠겨 있었다. 되도록 혼자서 오래 빠져 있고 싶은 가수면 상태에. 말로 표현할 수 없는 충만함이 달콤하게 시간을 꽉 채우고, 내 안에서 뭔가 다른 것이 깨어나는 것을 느끼는 상태. 몽상, 그리고 몽상에 잠긴다는 것. 몽상이라는 말에는 안온함과 나른한 행복이 담겨 있다.

스마트한 첨단 기기가 널리 퍼지고 즉각적인 반응이 있는 SNS에 매달리면서 우리는 과거 어느 세대보다 몽상을 즐기지 못하고 있다. 가상 세계의 유대감이 현실 안쪽까지 따뜻하게 덥혀 오기란 쉽지 않은 일이어서 우리는 여전히 외롭고 피곤하다. 사람들은 한가해지면 그동안 밀쳐 뒀던 질문이나 되도록 생각하고 싶지 않은 문제가 떠오를까 봐 늘 어딘가에 시선과 마음을 유배시키고 싶어 한다. 자신과 세상에 맹렬한 질문을 던지며 행복을 발견하기 위해 애쓰는 일은 현대인에게 피곤한 일이 돼 버렸다. 오로지 순간의 만족과 망각만이 외롭게 액정 화면 속을 떠다닌다.

일과 사랑, 그리고 상상력.

사람은 이 세 가지가 없으면 살 수 없다. 이 세 가지를 얻었을 때 인생의 보람을 찾고, 잃었을 때 쓰라린 질곡의 시간을 겪는다. 일은 살아가는 데 필요한 의식주와 안정감과 성취감을 준다. 사랑이 없으면 나머지 둘을 가졌다 해도 삶은 공허해진다. 그렇기에 사랑받고 사랑을 주는 일에 평생 애틋한 갈망을 느끼며 살아간다.

삶의 질은 떨어질망정 일과 사랑 없이도 생존해 갈 수는 있다. 하지만 상상력이 없다면 중세에 유행한 페스트처럼 불온한 죽

음이 전 세계를 강타할 것이다. 현재 서구 사회는 물론이고 우리
나라에도 우울증을 앓는 사람들이 늘어난 것은 스트레스와 소
외감 때문이기도 하지만, 인간을 풍요롭게 만들어 주던 상상력
이 쇠약해진 결과가 아닐까 생각한다. 상상력은 인간의 생존을
위해 절대 필요한 요소이다. 상상력이란 꿈꿀 수 있는 힘이다. 모
순과 결핍의 현실 너머에 좀 더 나은 것, 따뜻한 것이 있다고 희
망할 수 있는 힘이다. 상상력이란 다른 말로 희망을 품고 유지할
수 있는 능력을 말한다.

나는 서른 살이 될 때까지 여권을 사용해 본 적이 없었다. 그
러나 여권을 만들기 전에도 항상 다른 세계에 사는 사람을 상상
했고, 언젠가는 그들의 나라에 닿기를 소원해 왔다. 여행은커녕
숨 쉬고, 사랑하고, 살아가는 것만으로도 벅찼던 20대 내내 그
꿈은 나를 지탱해 준 커다란 지지대였다.

나는 요즘도 내가 가 보지 못한 장소를 꿈꾸곤 한다. 예를 들
면 페루와 볼리비아에 걸쳐 있는 남미대륙 최대 호수인 티티카
카 같은 곳이다. 이름도 어여쁜 호수, 티티카카. 해발 4,000미터
에 위치한 이 호수는 길이가 240킬로미터, 폭은 110킬로미터에
달한다고 한다. 페루와 볼리비아 국경 사이에 걸쳐 있어 배를 타
고도 몇 시간을 가야 끝이 보이는 거대한 호수이다. 내가 그곳을
꿈꾸는 이유는 크기와 위치 때문만은 아니다.

그곳에는 15세기에 이 지역에 번영했던 잉카 제국의 전설이

깃들어 있다. 전설에 따르면 태양은 사람들에게 문명을 전하기 위해 호수 한가운데 있는 섬에 남자아이 한 명과 여자아이 한 명을 내려놓았다고 한다. 그래서 잉카인들은 이 호수를 신성하게 여겼다. 호수 중앙의 섬에 태양을 숭배하기 위해 금, 은, 에메랄드 등 온갖 보물로 장식한 큰 신전을 세우기도 했다.

'모터사이클 다이어리'는 체 게바라가 젊은 시절 남아메리카를 여행한 과정을 다룬 영화이다. 영화에서 체 게바라는 잉카제국 문명의 잔재가 남아 있는 마추픽추에 이르러 읊조린다.

"잉카인들은 천문학과 뇌 수술, 수학을 알았지만 스페인의 침략으로 모든 게 바뀌었죠. 상황이 달랐다면 어떻게 됐을까요? 본 적 없는 세상이 그리울 수도 있나요? 한 문명을 세우기 위해 어떻게 다른 문명을 파괴할 수 있는지……."

체 게바라가 그 유적지에 닿은 날은 1952년 4월 5일이었다. 스페인 정복자인 프란시스코 피사로가 페루를 침략해 잉카 제국을 멸망시킨 것은 그보다 400여 년 전인 1533년이다. 정복자들은 티티카카 호수 한가운데 있는 태양의 신전도 약탈하고 파괴했다.

나는 그 호수 앞에 앉아 있는 나를 상상한다. 체 게바라처럼 본 적 없는 세상을 그리워하며, 때로는 문명이라고 불리는 것이 지닌 야만성에 한기를 느끼며 호수의 잔잔한 물결을 바라보고 싶다.

그 호수를 꿈꾸는 이유가 또 하나 있다. 잉카 제국이 멸망하고 300년이 지난 1830년대에 티티카카 호수에서 이상한 물고기가 잡혔다고 한다. 몸 색깔은 녹색이 섞인 누런색이고, 비늘은 황금처럼 빛나는 물고기였다. 마치 호수에 가라앉은 보석처럼 보일 만큼 화려한 외모였다. 이 물고기는 즉시 영국으로 보내져 '티티카카 오레스티아'라는 이름을 얻었다. 오레스티아는 그리스 신화에 나오는 산의 요정 이름이다. 호수의 물고기 이름에 왜 산의 요정 이름을 붙였는지는 알 수 없다.

그러나 티티카카 호수에 간다고 해도 이제는 티티카카 오레스티아를 볼 수 없다. 1950년에 이미 멸종했기 때문이다. 이 아름다운 물고기가 지구상에서 사라지게 된 것은 미국의 오지랖 넓은 개입 때문이었다. 1937년 미국 내무성 어류 야생 생물국은 티티카카 호수에 엄청난 양의 송어를 풀어놓았다. 이유는 단 하나. 북미의 맛있는 송어 고기를 남미에서도 맛볼 수 있게 하기 위해서였다.

강하고 재빠르며 탐욕스런 물고기인 송어는 자기보다 작은 생물은 무엇이든 잡아먹는 습성이 있었다. 불행하게도 송어의 활동 영역과 티티카카 오레스티아의 영역이 겹쳤다. 결과는 송어의 압승. 먹이를 빼앗겼을 뿐만 아니라 티티카카 오레스티아마저 송어의 먹이가 되고 말았다. 오늘날 호수 주변 음식점에서 '트루차'라는 이름의 송어 요리가 흔하게 된 이유이다.

탐욕스런 스페인 병사들이 잉카 제국을 멸망시켰듯, 티티카카 오레스티아도 미국에서 풀어놓은 송어 때문에 절멸의 운명이 되고 말았다. 아름답고 약한 존재들은 너무도 쉽게 지상에서 쫓겨난다.

언젠가 그 호수 앞에 앉아 사라진 티티카카 오레스티아를 상상하는 꿈을 꾼다. 해가 서쪽으로 기울어질 무렵이면 더 좋겠다. 붉은 노을이 드넓은 호수에 커튼처럼 드리워지고 나는 멸망해가는 위대한 제국을 바라보듯 그 광경을 눈에 담을 것이다.

티티카카 호수에 갈 수 있는 날이 언제일지, 과연 갈 수 있을지 확실한 것은 아무것도 없다. 다만 이 꿈이 나를 더 생생하게 살아 있게 만들고, 매일 되풀이 되는 인내와 권태의 반복을 견디게 하는 것만은 틀림없다.

프랑스의 시인이자 철학자였던 가스통 바슐라르는 몽상에 대해 숱한 명언을 남겼다.

"몽상이 우리의 휴식을 강조하러 올 때는 온 우주가 우리의 행복에 기여하러 오는 것이다."

"위대한 책은 두 번 읽어야 한다. 한 번은 생각하면서, 한 번은 그것을 쓴 몽상가와 함께 몽상을 동반하며 꿈꾸면서 읽어야 한다."

나는 몽상한다. 그러므로 나는 존재한다.

티티카카 호수가 아니라 지리산 천은사 밑의 짙푸른 저수지
이면 어떤가. 중요한 것은 꿈꾸는 것이고, 그럼으로써 불행과 운
명의 일격에 의연할 수 있는 면역력을 키우는 것이다.

몽상하고 꿈꾸면서 우리는 내면 깊숙한 곳에서 오래 잠들어
있던 어떤 목소리를 듣게 된다. 한시도 마음 편할 날 없이 생활
에 동동거리느라 좀처럼 귀 기울이기 힘들었던 진실의 목소리
를. 인생은 짧고 재빠르게 흘러간다는 것. 끝내 극복하지 못할
것 같은 상처가 있다 해도 날마다 끼니를 마련해 먹어야 한다는
것. 격렬한 호의(애정)와 비겁한 무관심(냉대)은 종이 한 장 차이
에 불과하다는 것…….

몽상에 빠진 이의 표정은 비 오는 날의 동물원처럼 비릿한 고
요함으로 가득 차 있다. 나는 그런 얼굴을 사랑한다. 꿈꾸면서
우리는 이 세계를 견딜 힘을 얻는다. 그리하여 몽상에 젖어드는
동안에는 한 치 앞도 알 수 없는 막막함 속에서도 저절로 알아
지는 길이 있음을 기꺼이 긍정하게 된다.

생각이
너무 많아 망치는 것들

평소 누려보고 싶은 권리 목록을 읽어 줬을 때 뜻밖에도 '생각하지 않을 권리'에 대한 반응이 뜨거웠다. 그만큼 생각해야 할 일들에 치여 살고 있다는 반증이 아닐까. 아침에 눈 떠서 잠자리에 들 때까지 우리는 거의 반사적으로, 때로는 작정하고 턱을 괴고 앉아 '생각'이라는 걸 한다. 생각은 선택으로 이어지고, 선택에는 어떤 식으로든 책임이 따른다.

생각을 국어사전에서 찾아보면 다양한 의미가 나온다.

마음에 느끼는 의견, 바라는 마음, 관념, 연구하는 마음, 깨달음, 추억, 기억, 고려, 의도, 목적, 사모, 그렇다고 침, 간주, 각오.

생각이란 단어 하나에 이토록 많은 뜻이 담겨 있을 줄이야. 물론 첫 번째 나오는 풀이가 가장 많이 쓰이기 마련이다.

"당신 생각이 뭔지 말해 봐."

세상이 온통 이 말로 메아리치고 있는 것 같은 생각이 들 때가 있다.

할리우드 영화 「나의 특별한 사랑 이야기」에 재밌는 장면이 나온다. 주인공 윌은 클린턴을 대통령으로 만들기 위해 뉴욕의 선거 캠프에서 자원봉사를 한다. 그는 훤칠한 외모와 명석한 두뇌를 지녔고, 정치적 확신과 야망으로 가득한 젊은이다. 어느 날 윌은 사무실에서 복사를 담당하고 있는 에이프릴에게 묻는다.

"왜 클린턴을 지지해요?"

"지지 안 해요. 이건 알바예요. 보모 일보다 수입이 좋아서요."

에이프릴은 대수롭지 않게 답한다. '아니, 이런 인물이 선거 캠프에 있다니.' 대통령을 꿈꾸는 야심만만한 윌은 당황해 다시 묻는다.

"민주당을 지지하는 건 맞죠?"

"왜 꼭 민주당이나 공화당을 지지해야 돼요?"

"그럼 무소속파?"

"아뇨. 난 어느 쪽도 아니에요. 왜 꼭 의견을 가져야 하죠? 미사일, 세금…… 난 모르는 것 투성이에요."

윌은 믿기지 않는다는 표정으로 다시 확인하려 한다.

"하지만 인권, 여성의 낙태권은 어때요? 자신의 몸에 대한 권리. 빌 클린턴은 흑인, 여성 인권에 관심이 많아요. 주지사 때 의료보험도 개혁했어요."

월의 일장연설에 에이프릴은 코를 골며 조는 시늉을 한다. 그러자 월은 마지막 한 방을 날리며 대화를 끝낸다.

"정말 아무도 아니시군."

에이프릴이 정말 아무 생각 없이 살아서 이런 반응을 보인 건 아니었다. 그녀는 야망만 쫓는 정치인이 싫었을 뿐이다. 그리고 거창한 주제들을 화제에 올리며 지구를 다 책임지고 있는 듯 행동하는 사람들의 엄숙주의와 이중성을 싫어할 뿐이다. 그러나 자신이 진정으로 알지 못하는 것에 대해 의견 표명을 유보하고, 의견을 갖는 것에 피로감을 보였다는 이유로 에이프릴은 졸지에 '아무도 아닌 사람' 취급을 받는다.

에이프릴처럼 나도 스스로 정의롭고 옳은 일을 하고 있다고 생각하는 사람들과 마주하는 일이 부담스럽다. 세상에서 가장 무서운 것 세 가지를 꼽으라면 벼룩과 무지, 스스로 정의롭다고 생각하는 사람이라고 답하곤 한다.

흥미롭게도 영화가 진행될수록 월과 에이프릴은 상반된 길을 걷는다. 처음엔 월이 정치적, 지적 확신을 가지고 에이프릴을 무시했지만, 갈수록 이상적인 정치와 현실 사이에서 환멸을 느끼고 방황하는 것은 월 자신이다. 반면 에이프릴은 백치미 넘치는 첫 등장과 달리 시행착오를 겪으면서도 진정한 자아를 찾으려 열정을 쏟는다. 세계 여행을 떠나는가 하면 대학원에 진학해 공부를 계속하고, 졸업 후에는 국제 엠네스티 본부에서 일하며 인권 운동에 참여한다.

영화 속 에이프릴처럼 일상에서 우리는 수시로 자기 의견을 말해야 할 처지에 놓이곤 한다. 회의실, 강의실, 회식 자리, 세미나, 워크숍뿐 아니라 점심 메뉴를 택해야 할 때, 선거를 앞두고 가진 친목회 모임에서까지. 심지어 생각을 비우려 찾아간 종교 단체에서도 회합이 끝나면 질문을 받는다.

"오늘 어땠어요? 느낀 대로 편안하게 얘기해 보세요."

어느 자리에서나 자기 의견을 분명하게 밝히는 사람이 뚜렷한 존재감을 발휘한다. 세상은 복잡하고 우리 머릿속은 그보다 몇 배 더 복잡하게 작동한다. 복잡한 세상에 대해 별다른 의견을 제시하지 않으면 딱지가 붙는다. 깡통, 백치, 회색주의자, 무책임한 사람, 정치적 무관심주의자, 무사태평주의자……. 그러나 때때로 멋진 확신으로 가득한 사람들이 만든 현실이 공포영화보다 더 무섭게 다가오는 것은 어찌된 일까. 이 지구상에서 일어났던 끔찍한 집단 학살이나 전쟁은 모두 지나친 자기 확신에서 비롯되지 않았던가.

생각이란 것에 사로잡히다 보면 옳고 그름을 따지게 된다. 내가 옳다고 생각하는 것을 고집하기 시작하면 내 생각을 따르지 않는 상대에게 화가 나고 노여움이 생긴다. 관계가 나빠지는 것을 피할 수 없다. 밖으로 제때 표출하지 못한 분노의 화살은 결국 나를 찌르게 마련이다. 결국 내가 옳다는 생각이 일으킨 풍파로 가장 피해를 보는 사람은 나 자신이다. 갈등과 피로가 따르는 것. 그것이 생각이 불러일으키는 현실이다.

영화나 드라마에서 영리하고 현실적으로 사는 인물들이 지질한 인생들에게 자주 하는 말이 있다.

"인간아, 제발 생각 좀 하고 살자. 응?"

그 말을 들은 인물은 마치 인간으로서 큰 결격사유를 지닌 것처럼 기가 죽어 고개를 숙인다. 위의 말을 제대로 하려면 "제발 생각다운 생각 좀 하고 살자"라거나 "잡념, 번뇌, 망상은 이제 그만!" 정도가 맞을 것이다.

사실 생각하며 산다는 건 나쁜 일이 아니다. 인류 문명이 여기까지 온 것도 다 생각이란 것 덕분이 아니던가. 다만 대부분의 생각이 우물 안 개구리처럼 자신의 한계 안에 갇혀서 탄생하는 것이 비극일 뿐이다.

소크라테스를 비롯해 수많은 현인들은 말했다. 자신이 아무것도 모른다는 것을 아는 것이 앎의 시작이라고. 그러나 현실에서는 "아무것도 모르겠다"고 솔직히 고백하면 영화 속 에이프릴처럼 보잘 것 없는 사람 취급을 받기 십상이다. 갑자기 투명인간으로 변해 버리기라도 한 것처럼 사람들의 시선은 잘 모르겠다는 사람을 건너뛰어 목소리 큰 사람이나 논쟁거리를 제공하는 사람들에게 쏠린다.

미국의 저명한 환경 운동가인 제리 맨더가 잡지사와 가진 대담에서 들려준 얘기가 생각난다.

"나는 얼마 전에 「뉴요커」 지에서 인도네시아의 페난 족에 관한 글을 읽었습니다. 그들은 자신들의 고향인 열대우림을 파괴하며 통나무를 실어 나르는 트럭들을 막기로 했습니다. 그래서 트럭들이 다리를 지나가지 못하도록 봉쇄했죠. 그 때문에 페난 족은 법정에 서야 했습니다. 재판을 받으면서도 그들은 범죄라는 말을 이해하지 못했습니다. 그들에게는 범죄라는 말이 없는 것 같아요. 페난 족 사람들에게 그들 공동체에서 사람들이 찬성하지 않을 법한 행동이 무엇인지 예를 들어보라고 했습니다. 그들은 잠시 모여서 의논을 한 뒤 말했습니다. '만일 어떤 사람이 자기가 가진 것을 공개적으로 남들과 나누지 않으면 그 사람은 비난받을 것입니다.' 그게 그들이 생각해 낼 수 있는 유일한 범죄였어요."

열대우림이 파괴되는 것을 막기 위해 다리를 봉쇄한 것을 범죄라고 '생각'하는 것은 소위 문명 세계에 속한다는 사람들이다. 그러나 자연과 일체감을 느끼며 살아가는 원주민 입장에서 보면 진짜 범죄자는 마구잡이로 나무를 벌목하고 지역을 황폐하게 만드는 개발주의자들이다. 페난 족이 생각하는 범죄는 가진 것을 남과 나누지 않는 것이었다. 그럼 왜 원시림을 외부의 개발자들과 나누지 않는가. 그건 열대에 있는 나무들이 자신들 소유가 아니라 신성한 대지에 속하며, 어머니와 같다고 생각했기 때문이다. 어머니가 공격을 받아 쓰러지고 병들어 가는데 가만히 있을 자식은 없다.

페난 족은 만물이 서로 긴밀히 연결되어 자연 속에서 조화롭게 존재하기를 바랐다. 외부인이 침입해 나무를 벌목해 그 조화가 깨지자 다리를 막아서라도 지키고자 했을 뿐이었다. '범죄에 대한 생각, 자연에 대한 생각마저 이처럼 다른데 어느 한쪽이 힘의 우위를 이용해 재판하는 것이 과연 맞는 일일까'라고 제리 맨더는 묻는다. 아울러 범죄니, 재판이니, 정의니 하는 개념(생각)들이 얼마나 힘 있는 세력 중심으로 펼쳐지기 쉬운가를 얘기한다.

'생각하지 않을 권리'라고 해서 문제에서 달아나거나 책임을 회피하자는 것은 아니다. 지적 태만이나 무관심을 정당화하려는 주장도 아니다. 생각하지 않을 권리를 달리 표현하면 생각을 비울 권리가 될 것이다. 당연하게 받아들이던 기존의 가치에 괄호를 치고 원점에서 재점검해 볼 권리, 다시 말해 '타성에 젖은 생각에서 자유로울 권리'인 것이다.

봄날 작은 전등을 켜 둔 듯 환한 벚나무 아래에서 나는 생각 자체를 비우고 싶다. 아름다운 광경을 보고 마음에서 소용돌이치는 것에 대해 침묵하기. 너무 많은 정보에 시달린 뇌에게 휴식을 주기. 지금 떠오른 생각이 한정된 정보와 인식에서 오는 잠정적인 의견임을 잊지 않기. 내가 생각하는 '생각하지 않을 권리'는 이런 것들이다. 그것은 논리와 이성, 합리 너머에 있는 가장 원초적인 본능과 감각을 최대치로 끌어 올려 느낄 권리이기도 하다.

뜻대로 풀리지 않는
날들에 대처하는 법

중국의 고대 현인 장자가 들려준 이야기이다.

옛날 옛날에 비슷한 인생철학을 공유하며 깊은 우정을 나눠 온 네 사람이 있었다. 그들은 태어나고 죽고, 만물이 변화하는 것은 무한한 도道의 덧없는 한순간일 뿐이라고 생각했다. 그러다가 네 사람 가운데 한 명이 외모가 추하게 변하는 병으로 쓰러지고 말았다. 장자가 묘사한 그의 모양새는 차마 인간의 형상이라고 하기 어려울 지경이다.

등은 툭 튀어나와 곱사등이 되고
중요한 내장의 기관들은 부풀어 오르고
턱은 배꼽 아래에 숨어들고
어깨는 머리 위로 솟고
목덜미는 하늘을 찌르네!

처음부터 남다르게 태어나도 힘들 텐데 평범한 외모로 살아
가다 어느 날 갑자기 이런 변화를 겪는다는 것은 엄청난 시련이
다. 얼마나 등이 굽었으면 턱이 배꼽 아래로 숨었을까. 중요한 내
장의 기관들이 부풀어 오를 정도라면 그 고통이 얼마나 컸을까.
이 모습을 본 친구들 가운데 한 사람이 물었다.

"자네의 처지가 원망스럽지 않은가?"

"아니, 내가 어떻게 원망하겠는가."

병에 걸린 이는 담담하게 자신의 속내를 털어놓았다.

나의 오른팔이 활로 변한다면
구워 먹을 새를 찾아 나설 것이오.
나의 엉덩이가 한 쌍의 수레바퀴로 변한다면,
그리고 나의 정신이 말로 변한다면
나는 그대로 타고 다닐 것이오!
그러면 다시는 수레가 필요치 않을 것이오!

마음대로 풀리지 않는 세상사에 지치고, 운명의 뜻하지 않은
악의에 부딪쳐 놀랄 때마다 나는 이 곱사등이 철학자를 생각하
곤 한다. 그는 초긍정의 정신이 무엇인지 몸의 상상력으로 보여
준다. 현실을 마지못해 받아들이고 도피하면서 만족하는 것이
아니라 아직 다가오지 않은 최악의 운명까지도 유머로 받아친

다. 너무나 단호하고 초월적이어서 인간의 경지가 아닌 것처럼 느껴질 정도다. 이 분야 대표로 서양에 온갖 시련을 겪고도 하나님의 은총을 의심하지 않았던 욥이 있다면, 동양에는 이 곱사등이 철학자가 있다.

몇 년 전 가을밤의 일이다. 4박 5일의 짧은 단기 출가를 마치고 집에 돌아왔을 때였다. 거실에 불을 켜고 배낭을 풀어헤치며 짐을 정리하는데 갑자기 와장창, 요란한 소리가 울렸다. 파열음과 함께 난데없이 거실 한가운데로 아이 주먹만 한 돌이 날아왔다. 별안간 일어난 소동이라 처음에는 무슨 일인지 제대로 알아차리지 못했다. 너무 놀라서 머릿속이 텅 비어 버렸던 것이다. 한참 뒤에야 베란다로 나가 보니 방충망이 찢어지고, 베란다 창과 거실 문 유리가 깨져 바닥에 흩어져 있었다. 누군가 밖에서 던진 돌이 방충망을 뚫고 날아와 겹겹의 유리창을 깨뜨린 것이었다. 얼마나 힘껏 던져야 철망으로 된 방충망을 뚫고 거실 유리까지 뚫을 수 있단 말인가. 나는 기운이 쏙 빠져 어두운 바깥을 살펴보았다. 어디에도 사람의 기척이라고는 느껴지지 않았다.

누군가 우리 집을 살펴보고 있었을까. 집은 며칠 동안 비어서 어둠에 잠겨 있었다. 그런데 하필이면 불을 켠 지 10분도 되지 않아 돌이 날아든 것이다. 마치 기다렸다는 듯이. 4박 5일 동안 새벽 네 시 반에 일어나 밤까지 마음을 들여다보는 연습을 하고 온 날, 곧바로 시험을 치르는 것 같았다. 그나마 그 여행 덕을 보긴 했다. 그렇지 않았다면 두려움과 화 때문에 그 밤 내내 속을 끓이고 잠을 설쳤을 테니까. 나는 얼른 거실 불을 끄고 방으로 들어와 짐을 마저 정리했다.

이 동네에서 누군가에게 원한 살 일을 한 적이 있는지 생각해 봤다. 얼마 전에 공원의 나무들을 막대기로 쳐서 심하게 망가뜨리고 있는 아이들을 말리며 나무란 기억이 떠올랐다. 그들일까. 아니면 동네를 배회하는 청소년들이 장난삼아 유리창을 깨고 다니는 걸까. 이 동네에 산 지 여러 해가 됐지만 이런 일은 처음이었다. 돌멩이에 조금만 더 힘이 실려 있었다면 아마도 내 머리통까지 맞췄을지도 몰랐다.

혼자 살기에 며칠씩 훌쩍 떠나는 자유를 누릴 수 있었다. 그런데 그날만큼은 혼자라는 사실 때문에 누군가 내 삶터를 하찮게 여기는 건 아닌가, 괜한 자격지심까지 들었다. 혼자라는 사실에는 변함이 없다. 그런데 외부의 상황에 따라 마음속에서 그것은 행복도 되고, 불행의 실마리도 됐다.

이튿날 아침, 동네 경찰 지구대에 찾아가서 피해 신고를 했다. 알고 보니 요즘 동네에 비슷한 피해를 당한 집들이 여럿 있었던 모양이다. 피해를 당한 집에는 안된 일이지만 불특정다수를 대상으로 벌인 일이라는 것을 확인하고 나니 차라리 안심이 됐다. 경찰은 왜 그날 밤 당장 신고하지 않았느냐고 안타까워했다. 그러면서 순찰을 강화하는 것 말고는 당장 해 줄 수 있는 일이 없다고 했다.

"집 주변에 CCTV를 달아 달라고 구청에 민원을 내 보세요."

마지막으로 경찰관이 일러준 말이었다.

며칠 뒤 친구에게 이 황당한 돌멩이 투척 사건을 털어놓았다. 친구도 몹시 놀라며 "어머, 세상에⋯⋯" 소리를 연달아 터뜨렸다. 하긴 누가 들어도 의아스러운 봉변이긴 했다. 곧이어 친구는 분개한 목소리로 말했다.

"집 앞에 플래카드라도 내걸어라. 네가 이런다고 쫄 것 같으냐! 난 끄떡없다!"

풀이 죽어 가라앉은 목소리로 상황을 얘기하던 나는 웃고 말았다. 평소 거침없는 친구다운 반응이었다. 정말 그런 플래카드가 내걸린 모습을 상상해 봤다. 머릿속에 떠오르는 그림만으로도 통쾌했다.

"넌 아직 젊구나."

친구의 결기에 감탄하며 내가 말했다.

노자나 장자를 생각하면 물 흐르는 대로 현실의 파도에 몸을 맡긴 채 흘러가는 유유자적의 삶을 떠올리기 쉽다. 뜨거운 혈기를 주체하지 못하는 젊은이의 철학이라기보다 삶을 달관하여 세속을 벗어난 노인의 여유처럼 느껴지기도 한다.

그러나 앞에 이야기한 곱사등이 철학자를 보라. 자연의 이치에 순응하면서도 삶을 긍정하는 시퍼런 기상이 대단하지 않은

가. 곱사등이가 되어 목덜미가 하늘을 찌를 듯 솟구친 이는 말한다. 어디 내 오른팔을 활로 변하게 만들어 봐라. 난 구워 먹을 새를 찾아 나설 것이다! 어디 내 엉덩이를 한 쌍의 수레바퀴로 변하게 해 봐라. 그럼 난 평생 수레 대신 내 몸 그대로 굴러다닐 것이다! 아무리 만물이 변화하는 도리를 깨우쳤다고 해도 이처럼 자신의 운명을 궁극의 끝까지 용납하고 받아들이긴 쉽지 않을 터.

'내가 어떤 모습으로 변한다 해도 나는 자유다. 그 어떤 시련이나 고통도 자유로운 나를 해치지는 못한다.'

곱사등이 현인은 운명의 절벽을 마주하고서도 자신을 망가뜨리지 않았다.

밤중에 날아드는 돌멩이가 우리의 뒤통수를 치는 것 같은 황당한 일들이 인생에는 얼마나 자주 일어나는가. 이건 비유이기도 하지만 직접 겪은 현실이기도 하다. 때로는 주저앉아 마음이 풀릴 때까지 슬퍼하고 분노하고 낙담할 권리가 우리에겐 있다. 부정적인 감정도 잘 대접하고 예의를 다하면 언젠가는 떠나간다. 부정적인 감정도 깨달음과 지혜를 준다. 그러나 치러야 할 수업료 역시 만만치 않다.

마찬가지로 우리에겐 낙담하지 않을 권리도 있다. 장자는 우리에게 주어진 삶은 자신의 때를 얻었기에 다가온 것이며, 때가 다하면 사라지게 마련이라고 얘기한다. 우리에게 일어난 일은

분명 어떤 의미를 담고 있을 터이다. 인간의 일생은 그 의미를
찾아 떠나는 긴 여행임을 알려 주기 위해 그날 밤 돌멩이가 거실
로 날아들었는지도 모르겠다.

공부에는 때가 있다는
어른들의 말

"한가할 때 틈 봐서 사랑하는 사람이 어딨겠니? 바쁘다고 아우성치면서도 어쩔 수 없이 휘말리는 게 사랑이지."

가까운 친구가 10여 년 전에 한 말이다. 지금보다 훨씬 어렸을 때이건만 사랑의 불가피성에 대해, 벗어날 수 없는 욕망의 강렬함에 대해 인지했다는 것이 신통하다.

다니엘 페낙도 『소설처럼』에서 똑같은 말을 했다.

책 읽는 시간은 언제나 훔친 시간이다(글을 쓰는 시간이나 연애하는 시간처럼 말이다). 대체 어디에서 훔쳐낸단 말인가? 굳이 말하자면, 살아가기 위해 처러야 하는 의무의 시간들에서이다.

만약 사랑도 하루 계획표대로 해야 하는 것이라면, 사랑에 빠질 사람이 어디 있겠는가? 누군들 사랑할 시간이 나겠는가? 그런데도 사랑에 빠진 사람이 사랑할 시간을 내지 못하는 경우는 한 번도 본 적이 없다.

그렇다. 우리가 진정으로 마음에서 우러나 기꺼운 즐거움을 맛봤던 것은 훔쳐낸 시간들 속에서였다. 살아가기 위해 치러야 하는 숱한 의무들이 빡빡하게 포위해도 진정으로 하고 싶은 것을 가로막을 수는 없다. 다니엘 페낙이 쓴 글에서 '책 읽는 시간', '사랑하는 시간' 대신 자신이 좋아하는 다른 것을 대입해도 같은 답이 나온다. 내가 아는 선배 한 분은 여기에 공부를 대입시켰다.

대학을 졸업한 지 20년이 훌쩍 넘은 선배는 요즘 인문학 서점에서 여는 강좌에 다니고 있다. 매주 한 번씩 모여 원서를 강독하는데 이미 『공산당 선언』을 마쳤다고 한다. 21세기가 되고도 한참이 지났는데 『공산당 선언』이라니. 베네통 광고로 유명한 사진가 올리비에로 토스카니가 일찍이 말하지 않았던가. "우리는 공산주의자가 될 수 있을 만큼 충분히 진화하지 못했다"고.

"재밌어요?" 나는 진심으로 궁금해 물었다.

"아주 재밌어. 나도 내가 공부를 좋아하는 줄 몰랐어. 학교 다닐 때는 상상도 못 한 일이지. 딱히 그 책이 아니었어도 좋았을 거야. 다시 뭔가를 배운다는 것 자체가 좋더라니까."

선배는 진달래꽃처럼 상기된 얼굴로 말했다. 재미가 있기에 수업에 참석하기 위해 버스와 지하철을 몇 차례 갈아타고 오가는 수고도 기꺼이 감당할 만하다고 했다. 선배는 어쩌면 뭔가를 배운다는 것보다 배우는 자세를 배우는 것이 더 좋았는지도 모른다. 나도 그 수업에 참관한 적이 있다. 20대부터 40대까지 다양한 연령층의 수강생들 눈빛이 자못 진지했다. 자발적으로 선택해 참석한 자리이기에 적극적이고 열정적이었다.

몇 년 전부터 자기답게 살기 위해 고민하고 적극적으로 방법을 찾는 사람들이 많아지고 있다. 생존경쟁이 치열해질수록 자신을 옭아매는 사슬에 대해 사유하는 사람들이 늘어나고 있는 것이다. 그래서인지 곳곳에서 인문학 강좌가 열리고, 수강생들의 호응도 여느 때와는 다르다고 한다.

고도 경제성장기에 젊은 시절을 보낸 사람들은 무엇이든 마음먹은 대로 이룰 수 있을 것 같은 자신감에 차 있었다. 10억 만들기 열풍이 불고, 재테크 관련 책들이 불티나게 팔려 나갈 때는 자신도 방법만 안다면 그들처럼 금방 일어설 수 있을 거라고 생각했다. 더 부지런히 일하고 증권 계좌를 만들고 할인 쿠폰, 마일리지도 꼭꼭 챙겨서 알뜰살뜰 살아 보려 애썼다.

인간이란 젊을 때는 무엇이라도 갈망해야 살아갈 수 있는 존재라서 내가 원하는 것을 정확히 모르면, 타인이 원하는 것이라도 내 것으로 삼기 마련이다. 그런데 현실은 갈수록 내 생각과는 달리 각박하게 돌아간다. 신자유주의 시대가 오고, 무한 경쟁이 펼쳐지고, 비정규직이 늘어나면서 대학을 졸업해도 젊은이들은 비정규직의 굴레에서 벗어나기 힘들어졌다. 박탈감과 좌절감에 우왕좌왕하는 사이 나이는 차곡차곡 쌓여 간다.

그러다 어느 날 깨닫는다. 굳건하게 믿었던 성장 신화에 커다란 구멍이 생겼음을. 언론과 책이 나팔수가 되어 전파하는 풍요로움은 원한다고 해서 누구나 가질 수 있는 게 아님을. 그때 느끼는 정신적인 결락감이나 허전함은 이루 말할 수 없다. 이즈음엔 "사는 게 재미없다"는 말이 탄식처럼 흘러나오고 만다. 공중에서 분해된 신화 대신 무엇을 지주 삼아 살아야 할지 망연자실해지는 것이다. 심지어 일흔이 넘은 시골의 엄마도 곧잘 말씀하시곤 한다.

"사람이란 항상 속고 사는 거다. 올해가 되면 좀 나아지려나 싶다가도 도로 그대로고, 또 다음 해도 그렇고……."

듣고 있는 젊은 내가 행여나 기운 빠질까 봐 엄마는 남은 힘을 끌어 모아 애써 긍정의 말로 마무리하곤 했다.

"지나고 나면 허전하지만 앞으로 다가오는 것은 희망이 있는 거란다."

세월이 갈수록 엄마의 말씀이 새록새록 생각난다. 애써 희망을 품어 보려고 하던 그 안타까운 마음 자리도.

욕망하는 만큼 충분히 가질 수 없으리란 것을 알고 난 뒤 사람들은 무엇으로 그 자리를 채울까. 내 주위에 그 선배뿐만 아니라 공부를 선택한 사람들이 늘어 가고 있다. 처음 그 자리로 돌아가 보고 싶은 것이다. 첫 마음 그때로. 내가 살고 싶었던 인생은 어떤 것이었나, 우리가 꿈꾸었던 세상은 어떤 것이었나, 돌아보고 싶은 것이다.

엄마도 노인 대학을 열심히 다녔다. 그러나 그 대학은 1년 과정이었기에 공부는 금방 끝나고 말았다.

"뭔 놈의 대학이 1년 만에 끝난다냐? 서운해 죽겠다."

엄마는 지금도 포스트 노인 대학 과정이 개설되기를 손꼽아 기다리고 있다.

학창 시절의 공부는 일방적으로 이수해야 할 과정이고 의무였다. 어른들은 곧잘 말하곤 했다. '배움에는 때가 있다'고. 부모님 세대에게 교육은 계층 이동을 보장하는 확실한 수단이었다. 그래서 자식들이 학교 공부에 열의를 보이지 않으면 안타까운 나머지 '그 시기를 놓치면 교육이라는 배는 영원히 인생의 항구를 떠나고 만다'는 경고를 하곤 했다. 정말 배움에는 때가 있고, 그 시기를 놓치면 다시는 배움의 대열에 설 수 없는 것일까.

세상이 달라졌다. 이제는 일생 동안 배워야 하는 시대이다. 세상을 조망하는 틀이 쉼 없이 새로워지고, 평균 수명이 늘어난 까닭에 일생 동안 직업을 몇 번 바꿔야 할지 모른다. 그런 불확실한 시대에는 20대 중반까지 배운 것만으로 평생을 지탱하기 힘들다. 어쩌면 배움에는 때가 있다는 믿음이 보편적이던 시대가 오히려 더 살기 편했는지도 모르겠다.

한편으로는 배움에 따로 정해진 때가 없다는 것이 위안이 되기도 한다. 한 시절 지지리도 공부가 싫었던 이라도 언제든지 다시 시작하면 되기 때문이다. 진정 목말라 찾게 되는 공부는, 사랑하는 이를 탐구하고 싶은 욕구에 뒤지지 않을 만큼 강렬하게 영혼을 흔들어 깨운다. 하고 싶을 때 하는 공부는 살면서 체득한 경험까지 더해지니 이해가 빠르다. 그 이해는 피상적인 차원을 넘어 궁극의 진실까지 단번에 육박해 들어가는 내공을 발휘한다.

평소 책이라면 수면제 대용으로 쓰던 사람이 회사에서 중요한 책임을 맡자 미친 듯이 책을 읽는 경우를 봤다. 그 자리에 가면 경력과 노련함만으로는 채울 수 없는 허기가 들게 마련이다. 큰 틀을 봐야 하고, 스스로 비전을 세워 제시해야 한다는 중압감이 저절로 공부하게 만든다.

우리나라 고등학생들의 대학 진학률이 80퍼센트를 넘는다고한다. 그 학생들이 모두 공부에 뜻을 세워 진학했다고 생각하는 사람은 없을 것이다. 학벌 사회에 편입하기 위해, 안 가면 뒤처질까 봐, 취직하기 위해 진학하는 게 현실이다. 비인간적인 학창 시절을 보낸 뒤 대학에 가서 그들이 가장 많이 보는 건 결국 취업에 필요한 책들이다.

"병원이 건강의 장애물이 되고, 정당이 민주정치의 장애물이되고, 언론기관이 의사소통의 장애물이 되는 것처럼 학교는 진정한 교육의 장애가 되고 있다."

오스트리아 출신의 사상가 이반 일리히가 한 말이다. 그는 공부는 타인이 조작할 필요 없이 자발적인 참여가 있어야 이뤄진다고 믿었다. 그래서 '학교 없는 사회'를 주장했다. 학교에서 이뤄진 교육이 사람들을 영악하게 만든 나머지 남을 착취하고, 타인을 수단으로 이용하게 만들었다면서.

마하트마 간디의 영향을 받아 바스타의 원주민들에게 가서 교육 사업을 한 남자가 있었다. 그는 50년을 노력한 끝에 고등학교를 몇 개 세웠고 이제는 대학을 세우려 했다. 일흔의 나이가 된 그는 당대의 현인 오쇼 라즈니쉬를 찾아가 도움을 청했다. 오쇼가 물었다.

"당신은 50년 동안 사람들을 교육해서 그들을 더 선량한 존재로 만들었다고 확신합니까?"

남자는 뜻밖의 질문을 받고 잠시 숨을 고르더니 말했다.

"아뇨. 그들은 나아지지 않았습니다. 사실상 교육을 받고 더 교활해졌죠. 50년 전, 내가 그곳에 갔을 때 그들은 아주 순박한 사람들이었습니다. 학식은 없었지만 고귀한 무엇이 있었어요. 50년 전의 그곳에는 한 명의 살인자도 없었고 어쩌다 그런 일이 일어나면 살인자가 법정에 와서 자수했죠. 도둑질하는 일도 없었고, 혹 어쩌다 도둑질을 하게 되면 부족장을 찾아와서 '배가 고파서 훔쳤습니다. 제게 벌을 내려주십시오'하고 고백했죠.

50년 전의 마을 사람들은 문을 잠그지 않았고, 아주 조용하고 평화롭게 살고 있었습니다."

오쇼는 간단한 질문을 던져 남자 스스로 교육의 한계를 고백하게 만들었다. 교육이 몰고 온 문명의 단면을 보여 주는 일화이다. 더 인간적이 되지 않고, 더 나은 존재가 되지 않는다면 왜 굳이 대학 진학을 고집해야 할까.

학벌 문제는 수십 년 동안 우리 사회의 몇몇 고질병의 원인이 돼 왔다. 중앙 집중화, 주거 문제, 사교육, 맞벌이를 해도 나아지지 않는 삶의 질……. 이런 모든 문제의 원인이 학벌이라는 것을 알면서도 사람들은 선뜻 그 사이클에서 벗어나지 못한다. 아니, 벗어날 수가 없다. 그 사이클에서 벗어나는 순간, 학벌 사회에서 어떤 불이익을 받는지 잘 알기 때문이다. 그리고 사회에 나오면서 자신도 모르게 학벌 사회의 일원이 되어 간다. 모임에서 어떤 사람과 처음 만나면 그이와 공감대 또는 차이를 구별하고 싶은 생각에 자연스럽게 묻는다.

"몇 학번이세요?"

학번을 기득권의 일부로 행사하고 있다는 자각도 없이 무심하게 던지는 질문이다. 그 질문의 이면에는 상대가 당연히 대졸자일 거라는 생각이 숨어 있다. 그러나 대학은 인생의 하고많은 갈림길에서 택하는 선택의 하나일 뿐이다. 우리에게는 학번으로 분류되지 않을 권리, 제때 입학하지 않을 권리, 배움의 때를 따지지 않을 권리가 있다.

자발적으로 학력 사회를 거부하며 대학을 보이콧하는 소수의 젊은이들이 없는 것은 아니다. 이들이 주장하는 '짧은 가방끈'은 그 내용의 참신함과 열정에도 불구하고 대다수 학부모와 학생들에게는 바위에 돌진해서 장렬하게 깨지고 마는 달걀처럼 느껴지는 실정이다. 나는 그들을 보면서 기성세대로서 부끄러움을 느끼는 한편, 고인 물에서 벗어나 활발하게 맥동하는 사회로 가는 희망을 보는 것 같아 가슴이 뜨거워지기도 한다. 단순히 그들이 대학을 거부해서가 아니다. 다수가 따르는 제도에 대해 독자적으로 사고하고, 자율적인 결정을 내린 뒤 스스로 책임을 지는 것에 감탄하는 것이다. 그들도 대견하지만, 그들의 결정을 지지하고 응원하는 학부모의 용기도 대단하다.

원하지 않는 시기에 원하지 않는 공부로 기를 질리게 만든 뒤 얼치기 학사들을 대량으로 배출하는 사회. 학교를 졸업하면 후련한 마음으로 공부에서 손을 놓아 버리는 사람들. 우리 사회가 정신적으로 척박하고 지나치게 물질 숭배로 가게 된 것은 이런 사회 분위기도 한 몫하지 않았을까.

소설가 허먼 멜빌은 바다와 고래잡이 선박 생활을 두고 "나의 예일이요, 하버드 대학"이라고 했다. 우리가 발 딛고 있는 세계의 모든 영역이 사실 우리의 대학이고 배움터이다. 졸업식 없이 영원히 재학생 신분이어야 하는 공부, 자신의 삶과 이웃을 사랑하고, 불합리와 모순에 눈을 뜨게 해 주는 공부. 진정한 인생 대학은 그런 모습일 것이다.

원하는 때에 원하는 공부를 원 없이 할 수 있는 '원원원 공부'가 가능하도록 사회 시스템과 의식이 바뀌길, 나부터 시도 때도 없이 공부할 권리를 누려 보길 소망해 본다. 살아가기 위해 치러야 하는 의무의 시간들에서 훔쳐낸 시간에 하는 공부는 연애만큼이나 달콤하고 짜릿하다.

내가
원하는 마지막 순간

나는 어떤 마지막을 원하는가.

만약 내가 불치병에 걸린다면 그 사실을 알게 되기를 바라는가, 아니면 모른 채 떠나기를 바라는가.

살아가는 동안에도 그렇지만, 삶을 정리하는 마지막 순간에도 선택해야 할 것들이 많다. 우리는 종종 잊고 산다. 인간은 언젠가는 반드시 다른 사람의 품에서 숨을 거둬야 하는 운명이라는 것을.

내가 처음으로 죽음을 목격한 것은 다섯 살 무렵이었다. 친척 아저씨가 위독하다는 전갈을 받은 우리 가족은 서둘러 길을 나섰다. 그러나 우리가 도착했을 때는 이미 돌이킬 수 없게 된 뒤였다. 안방에서 집안 어른들이 돌아가신 아저씨의 코와 귀에 솜을 넣고 있었다. 어린 나는 그 모든 장면이 낯설고 무서우면서도 눈을 뗄 수 없었다. 통곡을 하던 어른들이 잠시 정신을 수습해 아이들을 다른 방으로 보낼 때까지 나는 아저씨를 마지막 배웅하는 절차를 고스란히 지켜봤다.

옆방에 나보다 서너 살 위인 아저씨의 막내딸과 둘이 남게 됐을 때였다. 친척 언니는 한참 동안 작은 몸을 들썩이며 울었다. 나중에는 서랍장 위에 개켜져 있던 이불을 끌어내려 그 위를 방방 뛰면서, 그리고 바닥에 온몸을 던지며 울부짖었다. 그녀의 격렬한 울음과 슬픔의 표현은 어린 나를 압도했다. 놀란 눈으로 서 있는 나를 보며 그녀는 소리쳤다.

"너는 몰라……. 너네 아버지가 아니잖아. 너는 몰라!"

그녀 말대로 나는 아무것도 몰랐다. 내가 아무것도 모른다는 사실이 그녀를 더 원통하고 화가 나게 만드는 것 같았다. 그 작은 소녀의 울부짖음은 사실 죽음의 본질을 정확하게 짚은 것이었다. 나도 훌쩍훌쩍 울긴 했지만 그녀의 슬픔에는 미칠 수 없었고, 죽음은 그 집에 모인 누구의 손길에도 잡히지 않는 미지의 영역이었다. 사람을 이렇게 짐승처럼 신음하게 만드는 것이 있다는 사실에 놀라서 나도 목이 쉬어라 울면서 방바닥을 굴러다녔다. 아직도 그 작은 방의 벽에서 풍기던 흙내음과 뺨과 입술을 뒤덮은 채 흘러내리던 눈물, 콧물의 찝찌름한 맛을 기억한다.

그로부터 수십 년이 지난 뒤인 2009년, 한 할머니의 죽음을 둘러싸고 언론과 시민 단체, 종교 단체가 뜨거운 논쟁을 펼치는 것을 지켜보게 됐다. 바로 국내에 첫 존엄사 논란을 일으킨 김 할머니 사건이 일어난 것이다. 가족은 평소 할머니의 뜻이었다며 무의미한 연명 치료를 중단하길 원했고, 병원은 반대했다. 결국 대법원까지 가는 난항 끝에 겨우 가족들의 뜻을 받아들이는 것으로 일단락이 됐다. 이 일은 모두에게 묵직한 화두를 안겨 주었다. 그 즈음 한 언론사가 실시한 여론조사에 따르면 무의미한 연명 치료를 중지하는 것에 찬성이 72퍼센트, 반대가 28퍼센트로 나왔다. 참살이(웰빙)에 이어 존엄한 죽음(웰다잉)에 대한 인식이 많이 달라진 것을 알 수 있었다.

일본은 우리보다 앞서 존엄사 논쟁을 겪었다. 그 불씨를 지핀 것은 야마자키 후미오라는 일본 의사가 쓴 『병원에서 죽는다는 것』이라는 책이었다. 책 제목 자체가 비통한 현실의 단면을 통렬하게 드러내고 있다. 그의 책 일부를 옮겨 본다.

임사 상태에 있을 때 시행하는 소생술은 그때까지 병과 싸우느라 영혼까지 지쳐 버린 말기 암 환자에게 겨우 찾아온 휴식 시간을 방해하는 것이나 다름없다. 이미 아무런 힘도 의지도 없는 환자의 육체에게 억지로 버텨 보라고 강요하는 행위에 지나지 않는다.

거기엔 죽어 가는 사람에 대한 배려도 경외도 애도의 마음도 없다. 그저 일분 일초라도 환자의 목숨을 더 연장시키려는 연명 지상주의 현대 의학 교육을 받은 의사의 의무감만 있다.

여기서 연명 치료가 뜻하는 것은 말기 암 환자나 현대 의학으로 더 이상 어떻게 해 볼 수 없는 경우에 취하는 모든 조치를 가리킨다. 의학적인 노력을 기울여 완쾌할 수 있는 경우에는 물론 최선을 다해야 한다.

일선 의사들에 따르면 우리나라는 유독 연명 치료에 집착을 많이 하는 편이라고 한다. 유교의 영향과 체면을 중시하는 문화 때문에, 설사 인공호흡기를 달더라도 끝까지 최선을 다해 죽음을 막아야 남은 사람의 도리를 다했다며 위안 받는다는 것이다.

말기 암 환자를 많이 치료했던 서울대 의대 허대석 교수는 한국인이 지닌 심리의 밑바닥을 명쾌하게 정리한 바 있다.

"우리나라 사람들이 무의미한 연명 치료에 매달리는 이유는 급속한 경제 성장기를 살아오면서 포기하면 곧 패배자(루저)가 된다는 투쟁 의식이 문화적으로 자리 잡고 있기 때문입니다. 사실 병을 받아들이고 남은 시간을 자기 시간으로 의미 있게 보내는 게 진정한 승자(위너)인데도 병과 끝까지 투쟁해야 한다고 생각하죠."

사는 내내 전전긍긍한 것도 모자라 죽음마저 투쟁이 되는 현실이라니. 서글프고 비통한 일이다. 남은 시간을 얼마나 연장하느냐가 아니라, 남아 있는 시간을 어떻게 보낼 것인가를 먼저 생각하는 문화가 절실하다. 나 자신을 위해서도, 내가 사랑하고 아끼는 사람들을 위해서도.

수년 전, 세계의 지붕이라고 불리는 티베트에 가면서 나는 처음으로 유서라는 것을 쓴 적이 있었다. 목련이 곱게 피던 봄이었다. 목련 나무는 가지마다 흰 촛대를 내걸고 또 한 번의 환생을 축하하는 것 같았다. 정신 차리고 봄날의 세계를 둘러보면 온통 먼 곳에서 돌아온 아름다움으로 가득 차 있었다.

"너 입술 색이 왜 그래?"

그 봄날에서 여름이 올 때까지 만나는 사람마다 하나같이 묻는 말이었다. 내가 봐도 자연스럽고 건강한 입술 색은 아니었다. 내 입술도 한 송이 꽃을 피우고 싶은지 짙은 보랏빛으로 변해 있었다. 설상가상 그즈음 지인을 통해 만나 본 대체 의학 관계자는 나를 진맥하더니 말했다.

"당신은 심장이 약해요. 그런데 그동안 심장을 혹사하며 살았군요. 절대 무리하면 안 돼요. 등산도 위험합니다. 이런 유형은 평소 멀쩡하다가 갑자기 쓰러져 죽기 쉬워요."

차마 그이에게 곧 해발 4,000~5,000미터에 자리 잡은 티베트에 갈 계획이라고 털어놓지 못했다. 그랬다간 제정신이냐는 호통이 떨어질 것 같았다. 여행 짐을 꾸린 뒤, 책상 앞에 앉아 글을 썼다.

만약 이 글을 읽고 있다면 저는 티베트에서 돌아오지 못한 거로군요. 많이 놀라셨겠어요. 하지만 우리가 이 세상에 왔으며, 고통과 환희 속에 살다가, 언젠가 떠나야 한다는 사실보다 더 놀랍기야 하겠는지요.

저는 티베트라는 나라에 사로잡힌 이래 '살고 싶어서' 히말라야 산림으로 갔습니다. 다른 이의 행복을 위해 기도하는 티베트인들의 바보 같은 철학이, 그들의 아름다운 기도가 나를 못 견디게 살고 싶게 만들었어요. 누군가를 살고 싶게 만드는 것보다 더 큰 자비를 저는 알지 못합니다.

따지고 보면 배낭을 짊어지고 세상의 구석지고 험한 마을들을 찾아 돌아다닐 때 이미 객사의 위험은 각오했는지 모릅니다. 하지만 세상 어느 곳, 제 고향 아닌 데가 있을까요. 저는 어느 생의 한때 그 모든 마을에서 한 번씩 살았는지 모릅니다. 그래서 여행지를 떠날 때면 그처럼 가슴이 저렸는지도 모르겠어요.

사랑을 배우고 떠날 수 있게 해 주셔서 고맙습니다. 사랑 때문에 허송세월했다는 말은 있을 수 없죠. 사랑 때문에 서성이고, 혼자 웃고, 뛰는 가슴을 지그시 누를 때 진정으로 살아 있음을 느끼며 감사해했습니다. 오히려 아쉽고 안타까운 것은 누군가를 미워하거나 원망하면서 흘려보낸 순간들입니다.

제 미숙함 때문에, 제가 뿜어낸 욕심과 노여움과 어리석음 때문에 상처받은 이들이 있다면 참회합니다. 아무것도 모르면서 안다고 자만해 미련하고 어리석게 군 일이 많습니다.

다시 돌아와 사랑하겠습니다. 처음부터 다시 배우겠습니다.

유서를 쓴다는 건 참 좋은 일이었다. 유서를 쓰고 있는 그 자리에서 이미 한 번 죽고, 다시 태어나는 것 같았다. 글 끝에 현실적으로 처리해야 할 몇 가지 일을 당부해 놓고, 사인을 했다. 그것만으로는 부족한 것 같아 인주를 묻혀 도장까지 찍었다. 그제야 뭔가 효력을 발휘할 수 있는 공문서가 된 듯한 기분이었다.

그날 아침 종이 위를 따뜻하게 적시던 초여름 햇빛이 생각난다. 나는 유서를 봉투에 넣어 첫 번째 책상 서랍 안에 두었다. 그리고 다시 태어난 기분으로, 새 심장으로 공기를 한껏 들이마셨다. 모든 것을 아낌없이 버리겠다고 마음먹는 순간, 삶이 눈앞에서 생생하게 춤추는 것을 보았다.

티베트에서 무사히 돌아왔기에 그 유서가 효력을 발휘하는 일은 일어나지 않았다. 그러나 앞날을 어찌 장담할까. 내가 삶의 마지막 순간에 이른다면 그 시간을 어떻게 보내고 싶을까. 최후의 시간에 내가 가장 듣고 싶고, 하고 싶은 말은 무엇일까.

주변에서 울고 슬픔에 겨워한다면 가슴이 미어져 차마 발길이 떨어지지 않을 것 같다. 누구라도 그렇지 않을까. 이들을 두고 어떻게 가나. 말은 못 해도 슬픔과 안타까움으로 지상에서 반쯤 들어 올린 발걸음이 무거워질 것이다.

평화로운 음악이 흐르고 있으면 좋겠다. 그럴 환경이 아니라면 조용한 가운데 가족과 친척, 지인 한 사람 한 사람과 인사를 나누고 싶다.

"당신을 만나 참 좋았습니다. 먼저 가 있을게요."

"그동안 정말 고마웠어요. 미안하지만 뒷일을 부탁드립니다."

여기까지는 아직 의식이 흐려지기 전 내가 마지막으로 하고 싶은 인사말이다.

"그동안 고생 많았어요."

"힘든 과정을 잘 버텨냈어요. 당신 덕분에 죽음이 두렵지 않아졌어요."

이건 마지막 만남의 순간, 듣고 싶은 말이다. 허점 많은 삶이 었을지언정 남아 있을 이들이 진심으로 이렇게 말해 준다면 마냥 헛되게 산 것만은 아닐 것이다.

반대로 만약 나와 가까운 이를 먼저 보내야 한다면? 차마 상상하기 괴로운 일이다. 언젠가 가까이 지내는 이들끼리 모인 자리에서 마지막 배웅에 관한 얘기가 나온 적이 있었다. 아무리 무심한 척해도 인생이란 언젠가는 반드시 치러야 할 몫이 있는 법. 우리가 차례로 세상을 떠나면 누군가는 마지막까지 남아서 그 과정을 모두 지켜봐야 할 것이었다. 가장 늦게까지 남는 이에게 닥칠 고독과 슬픔, 고통이 얼마만 한 것일지 감히 체감할 수는 없지만 상상만으로도 등줄기가 서늘해졌다. 그것은 외롭고, 고단한 배웅일 터였다. 그런데, 한 선배가 용감하게 말을 꺼냈다.

"그래, 그래. 다들 먼저 가 있어. 내가 다 배웅해 주고 제일 나중에 갈게."

"정말 괜찮겠어? 그대야말로 보살이네, 보살."

마치 우리끼리 떠나는 순서를 정하면 다 해결되는 것처럼 우리는 안도의 한숨을 내쉬었다. 그 자리에 모인 사람들은 각자 부모를, 가까운 친척을, 사고와 병고로 동료를 떠나보낸 경험을 한번 이상은 치른 터였다. 떠나는 사람의 애통함과 안타까움 못지않게 남은 이들에게도 그 일은 인생의 모든 단계를 깊숙이 체험하고 영혼을 단련해야 하는 시련이라는 걸 알 만한 나이였다. 그걸 알기에 실제로 진행되는 순서가 어떻든 가장 힘든 일을 맡겠다고 나선 선배에게 우리는 다정함과 깊은 자비심을 느꼈다.

만약 내가 그 역할을 해야 한다면 어떨까. 우선 누워 있는 이의 손을 잡고 귓가에 따뜻하게 속삭여 줄 것이다.

"그동안 정말 잘 살아오셨어요. 힘든 삶을 견디느라 고생 많았습니다. 우리들 걱정은 말고 편안하게 가세요. 아무 걱정하실 필요 없습니다. 사랑합니다. 그리고 당신의 사랑을 받을 수 있어서 감사하고 행복했어요."

슬픔과 막막함, 지독한 상실감에 울음을 터뜨리는 것은 최대한 나중으로 미루고 우선은 떠나는 이가 평화롭게, 안심하며 세상과 작별할 수 있도록 돕고 싶다. 식어 가는 손을 내 손으로 감싸 쥐고 그이가 살아온 삶에 경의를 보내고, 진심으로 수고했다고 말해 주고 싶다.

누구든 한생을 살아냈다는 것만으로도 삶의 전사요, 영혼의 방랑자로서 치른 노고를 인정받을 권리가 있다. 자신의 뜻을 미처 다 이루지 못한 아쉬움을 떨치고, 여한 없이 작별할 수 있도록 편안하게 해 주고 싶다. 이 변화무쌍한 세상살이를 살아내느라 치러야 했던 온갖 고통과 소소한 성취와 행복을 일깨우고, 당신 덕분에 행복했던 순간을 오래 기억하겠다고 말해 줄 것이다. 원망과 오해의 시간이 없었던 것은 아니지만 지나고 보니 그것도 삶의 일부였다고 위로하며…….

이 순간에 딱히 엄숙할 필요만은 없을 것이다. 평소 술을 즐기던 이라면 한잔 청해 마실 수도 있고, 즐기던 노래를 불러도 되리라. 가족처럼 정을 나누던 고양이나 개를 쓰다듬고 그 감촉을 기억한 채 떠나도 좋을 것이다. 이 귀중한 순간을 의료인이 독차지한 채 무의미한 소생술로 영혼을 괴롭히지 않기를 나는 바란다.

미국 현대 문학의 이단아였던 작가 찰스 부코스키의 묘비명에는 "Don't try"라고만 쓰여 있다고 한다. 그냥, 아무 시도도 하지 말 것. 자연의 섭리에 순응하도록 가만히 둘 것. 삶의 마지막 순간에는 가능한 그 정신을 유지하고 싶다.

Don't try. Be happy!

지금 이 순간이
가장 행복한 시절이다

봄비가 부슬부슬 내리는 저녁이었다. 동네 골목길을 걸어가는데 맞은편에서 여자아이 둘을 앞세우고 오는 부부를 봤다. 아이들은 아직 학교에 다닐 나이가 안 된 꼬맹이들이었다. 그렇지만 어엿하게 작은 우산을 각자 하나씩 쓰고 있었다. 둘은 서로 우산을 부딪치며 까르르 웃어댔다. 아이들 바로 뒤에 따라 오는 부모는 우산 하나를 같이 쓴 채 그 모습을 바라보며 걸어오는 중이었다. 지극히 평범한 일상의 한순간이었다. 그 장면을 사진 찍어 제목을 붙인다면 '행복'이란 단어가 꼭 들어가야 맞을 것 같았다. 나는 아이와 부부를 번갈아 보며 생각했다.

'저들은 지금 무척 행복한 한 순간을 지나고 있다는 걸 알까? 알아야 하는데. 꼭 알았으면 좋겠는데……'

마치 내 눈에만 보이는 보물을 찾은 것처럼 속으로 안타까웠다. 시골의 부모님께서 늘 하시던 말씀이 떠올랐다.

"아이들이 올망졸망 어렸을 때가 좋았지. 없이 살아도 그때가 행복했어."

자식들이 부모의 품을 떠나지 않았던 그 시절에는 부모님도 더 젊었다. 끼니마다 약을 한 움큼씩 챙겨먹을 필요도 없었고, 온 가족이 한 방에서 함께 잠들었다. 사는 것은 팍팍하고 앞일은 구만리처럼 아득해도 저녁 밥상에는 어김없이 모두가 둘러앉았다. 낮 동안의 고된 노동 덕분에 뒷머리가 베개에 닿기가 무섭게 잠들었고, 날이 밝으면 아침잠 많은 아이들을 깨워 학교에 보내느라 지붕이 들썩들썩했다. 그때가 부모님에게는 행복한 시절이었다.

그래서일까. 어린 자녀를 데리고 다니는 젊은 부부를 보면 그들이 지금 가장 행복한 시절의 한때를 지나고 있는 것 같아 괜히 내 마음이 흐뭇해지곤 했다. 아이를 어깨에 태우고 아이와 눈을 마주치며 얘기하는 젊은 아빠, 아이가 고개를 숙여 아빠의 볼에 뽀뽀 세례를 퍼붓는 모습을 볼 때면 생명의 신성한 축복이 주변까지 물들이는 것을 볼 수 있었다. 봄비 내리는 저녁에 마주친 우산 세 개 속 일가족이 그들의 행복을 순간순간 놓치지 말고 알아차렸으면 하고 간절히 바란 것도 그런 이유에서였다. 그들을 지나쳐 몇 걸음 가지 않아 내 안에서 이런 목소리가 들렸다.

'너도 참 좋은 시절을 지나고 있어. 그걸 알았으면 좋겠네.'

그것은 내 안의 좀 더 높은 자아의 목소리이기도 했고, 인생 선배들의 다정한 일깨움이기도 했다.

남의 행복만 눈 밝게 알아볼 일이 아니었다. 각각의 시기가 다 본디 좋은 시절이다. 만약 20~30대에만 활기와 찬란함이 있고, 40대부터 암울한 현실만 있다거나 60대 이후 은퇴한 뒤부터는 막막한 노년만 남아 있다면 세상에 그처럼 다양한 연령대가 함께 어우러져 살아갈 수 없을 것이다. 인생의 시기마다 아름답고 귀한 선물은 분산되어 숨어 있다.

돈을 더 벌어 안정을 이룬 뒤, 대출금을 다 갚고 차를 바꾼 뒤, 아이들이 모두 커서 웬만큼 자리를 잡은 뒤가 아니라 바로 지금 이 순간이 가장 행복한 시절이다. 행복은 노래방에서 예약 버튼 누르듯 미리 입력하는 것이 아니라 지금 흘러나오는 선율의 아름다움을 맛볼 줄 아는 능력이다. 봄비 오는 그 밤에 마주친 가족 덕분에 나는 내 시절의 아름다움을 다시 한 번 기억하게 됐다.

욕심과 마음의 분주함을 멈추고 돌아보면 일상은 기적으로 가득하다. 우리가 사는 지구별의 자전 속도는 대략 시속 1,400킬로미터라고 한다. 굉장한 속도이다. 경부고속도로를 시속 300킬로미터로만 달려도 머리칼이 쩌릿쩌릿하고 머릿속이 아득해질 것이다. 그런데 그보다 훨씬 빠르게 쌩쌩 달리는 지구별에서 누군가, 또는 돌멩이 하나 툭, 떨어졌다는 얘기를 지금껏 들어본 적이 없다. 중력 덕분이다. 우리가 두 발을 딛고 서 있는 것만으로도 엄청난 기적이라는 것을 우리는 잊고 산다.

그날 밤, 우산에 떨어지는 봄비 소리를 음악 삼아 들으며 내게 행복과 기적을 일깨워 준 가족을 다시 한 번 돌아봤다. 키 작은 우산 두 개와 한 개의 큰 우산이 둥실둥실 어우러져 골목길 모퉁이로 사라지는 모습을.

더 격렬하게 아무것도 하지 않을 권리

어느 날인가 동네 가게 앞을 지나가는데 마침 '목로주점'이란 옛 노래의 한 대목이 귀에 감겨 왔다.

월말이면 월급 타서 로프를 사고
연말이면 적금 타서 낙타를 사자
그래 그렇게 산에 오르고
그래 그렇게 사막엘 가자

문득 궁금해졌다. 낙타 한 마리에 얼마쯤 할까. 적금 타서 정말 살 수 있을까. 검색해 보니 낙타가 거래되는 지역과 용도에 따라 가격이 천차만별이다. 이집트 카이로와 아프리카 중부, 인도 사막 지대에서 파는 값이 각각 달랐다(낙타여, 뭇 생명들이여. 값을 매겨 미안하구나. 그 값을 검색해 본 나도 미안). 유가와 연동해서 사막의 배로 불리는 낙타의 몸값도 요동친다고 한다. 살면서 잉여가치를 만드는 일체의 노동도 하고 싶지 않을 때, 모든 의무와 책임에서 벗어나 그저 나 자신으로만 있어도 충분해지고 싶을 때 낙타 한 마리를 생각하곤 한다.

낙타 한 마리만 장만하면 무슨 수가 생길 거야. 사막에 못 간다면 낙타 뒤꽁무니에 번호판을 달고 개인용 마을버스로 사용하는 것도 좋겠지. 낙타를 생각하면 마치 사막의 베두인 족이 된 것처럼 낙천적이고 거침없는 마음이 든다.

이 책이 나오고 몇 년 뒤 "지금 아무것도 하지 않지만 더 격렬하게 아무것도 하고 싶지 않다"는 광고 카피가 유행해서 놀란 적이 있다. 차마 드러내놓고 말하지 못하던 정서를 받아들일 만큼 우리 사회가 유연해진 걸까. 아니면 대중의 호감을 얻은 배우가 익살스럽게 얘기해서 공감한 것일까. 한 가지 분명한 건 열심히 산다고 살았는데 오히려 좌표를 잃고 지친 이들이 많아졌다는 사실이다.

우리는 더 자주, 더 격렬하게 아무것도 하지 않을 권리를 말하고 누릴 필요가 있다. 세상을 향해 소속 증명을 하느라 정작 본래의 자신에게선 추방당하는 시간. 그런 세월이 쌓여 일생이 됐다고 말하지 않으려 나는 이 책을 썼다. 책에 '~하지 않을 권리' 못지않게 '평소 누리고 싶은 권리'에 대한 이야기를 담은 것도 그런 이유에서다. 주류를 이루는 가치와 트렌드의 영향에서 자유롭기 위해 과감한 부정도 중요하지만, 지금껏 억눌러 온 것들을 시도해 보는 것도 소중하기 때문이다. 내가 동의하지 않은 의무에 대해서 쓸 때는 후련했고, 마음껏 누리고 싶은 권리장전을 쓰면서는 황홀했다.

덧없이 흘러가는 시간 속에서 '의미 있는 것들, 다리에 힘이 풀릴 만큼 격정적인 순간'만이 인생의 정수는 아니다. 아무것도 하지 않았던 순간에 나는 오롯하게 나로서 존재하며, 몸과 영혼의 에너지가 극대화되곤 했다. 모든 일에 생산성과 효율, 잉여가치부터 따지는 사회에서 '아무것도 하지 않음'이야말로 유일하게 내가 취할 수 있는 저항일 때가 있다. 그것은 차라리 다행스러운 슬픔이기도 하다.

오랜 날이 지나서야 내게 일어났던 모든 일들이 파악할 수 없는 규칙을 띤 채 숨은 목적과 의지를 지니고 진행됐음을 어렴풋이 알아차린다. 15분의 행복 뒤에 15년의 고독이 뒤따른다 해도 기꺼이 동의할 만큼 나는 무모했고, 그래서 종종 스스로의 한계를 넘어 몇 발자국을 뗄 수 있었다. 그러나 대개는 귀를 접고 늘어져 머리 위에서 빛나는 방랑의 별을 그리워했다. 그 오랜 세월 철저히 부서지고, 가라앉고, 헤맨 끝에 겨우 닿은 곳은 이미 알고 있던 것들의 뒤편이었을 뿐. 요컨대 시간은 내게 겸허를 가르치고 싶었던 것이다.

순수한 겸허함이란 아무것도 하지 않아도, 굳이 무엇을 하려 애쓰지 않아도 자신이 사랑받을 가치가 있는 존재라는 것을 알아차리는 것이다. 존재 증명을 요구하는 것들, 우리를 인정투쟁으로 내몰고 초조하게 만드는 이들은 진정으로 나를 사랑하는 게 아니다. 있는 그대로 우리를 받아들이지 못하는 존재들에게 인정받기 위해 왜 그토록 분투해야 하는 걸까.

얼마 전, 니체가 생애 마지막으로 쓴 저서 『이 사람을 보라』(제목부터 심상치 않다)의 목차를 훑어보다 웃음을 터뜨린 적이 있다. 목차의 일부를 옮겨 보면 이렇다.

나는 왜 이렇게 현명한가
나는 왜 이렇게 영리한가
나는 왜 이렇게 좋은 책을 쓰는가

니체 아닌 어느 저자가 이렇게 쓸 수 있을까. 그의 '건전한 자신감'과 '불건전한 교만' 사이의 그 아슬아슬한 줄타기가 어찌나 통쾌하던지. 마음껏 내 자랑을 늘어놓을 권리를 니체는 충분히 누린 셈이다. 천재가 자신이 천재임을 알고 공공연하게 떠드는 것만큼 세상을 불편하게 하는 것도 없다. 그러나 니체가 가졌던 자기애와 확신은 나처럼 소심하고 배짱 없는 이에겐 유용한 팁이다. 여러분도 기분이 가라앉는 날에는 빈 종이에 '나는 왜 이렇게 멋진가'로 시작되는 '나는 왜 이렇게……' 시리즈를 한번 적어 보시길. 속이 후련해지고 자존감의 그래프가 위로 솟구치리라 장담한다.

언제나 그랬듯이 이 책도 가족과 선후배, 친구들의 도움과 응원 덕분에 태어날 수 있었다. 그들은 내가 아무것도 하지 않거나 무모한 열정에 휩싸일 때도 묵묵히 지켜봐 주었다. 혀를 끌끌 차는 순간이 없진 않았으나 내다 버리지는 않았다. 이 지면을 빌려 새삼 고마운 마음을 전한다. 더불어 부족한 글에 응원과 격려를 보내준 독자 분들께도 머리 숙여 깊은 감사의 인사를 드린다.

아무것도 하지 않을 권리

초판 1쇄 발행 2017년 7월 7일
초판 6쇄 발행 2018년 10월 18일

지은이 정희재

발행인 이재진
본부장 김정현 **편집인** 김남연
편집장 김민영 **편집** 김선영
마케팅 권영선 **홍보** 박현아, 최새롬
제작 류정옥

디자인 문성미
일러스트 방현일

주소 서울시 마포구 잔다리로 105 잇다빌딩 5층 웅진씽크빅 갤리온
주문전화 02-3670-1595 **팩스** 02-3143-5508
문의전화 031-956-7062(편집) 031-956-7500(영업)
홈페이지 www.wjbooks.co.kr **페이스북** http://www.facebook.com/wjbook
블로그 blog.naver.com/galleonbook **이메일** wjgalleon@gmail.com
포스트 post.naver.com/wj_booking

발행처 ㈜웅진씽크빅
임프린트 갤리온
출판신고 1980년 3월 29일 제406-2007-000046호

© 정희재 2017 (저작권자와 맺은 특약에 따라 검인을 생략합니다.)
ISBN 978-89-01-21814-4 03810